ANTES QUE ME ESQUEÇA

Bolívar Lamounier

ANTES QUE ME ESQUEÇA

CRÔNICAS, CONTOS E OUTROS ESCRITOS

EDICON

Dados Internacionais de Catalogação na Publicação (CIP) (Câmara Brasileira do Livro, SP, Brasil)

Lamounier, Bolívar
Antes que me esqueça : contos, crônicas e outros escritos / Bolívar Lamounier. -- São Paulo : Edicon Editora e Consultoria, 2024.

ISBN 978-65-5934-109-2

1. Contos brasileiros 2. Crônicas brasileiras. I. Título.

24-234290 CDD-B869.8

Índices para catálogo sistemático:

1.Antologia : Literatura brasileira B869.8
Eliane de Freitas Leite - Bibliotecária - CRB 8/8415

Contato com o autor: bolivar.lamounier@gmail.com

EDICON
Editora e Consultoria Ltda
(11) 3255 1002 • 3255 9822
Rua Gama Cerqueira, 87 Cambuci
CEP 01539-010 São Paulo/SP
www.edicon.com.br
contato@edicon.com.br

SUMÁRIO

Prefácio 11
Reconhecimentos 13
Infância 15
Minha varinha de anzol 17
Pipas redondas 21
Amores em aquarela 25
O perene encanto de uma dupla caipira 27
A triunfal chegada do futebol
aos cafundós de Minas Gerais 31
Vida adulta 35
O desaparecido que voltou 37
Quem tem medo de Proust? 41
Olhos verde-negros 45
Cabelos curtos 51
Carminha Gouthier e Emílio Moura 55
Por favor, descreva sua mala 57
Eu e a Costa do Marfim 61
A bonita história de Brenno e Maria Anita 65
A propósito, o sr já está procurando...? 73
A telefonista ligando para a casa de Rui Barbosa 75
Padecimentos que um fusca me causou 77
Duas pequenas glórias 81
Flores do Lácio:
os mais belos versos da língua portuguesa 85
Do cabrito montês aos políticos do planalto 87
Inversão de papéis 91
Uma pérola da gastronomia mineira 93

Meu reino por um bom bife 95
Pesquisando informações políticas, hoje e ontem 97
O matuto que virou príncipe 101
Ah, falar, não fala... 103
O mico que pagamos em Praga 105
Pataquinha 109
Taifum, taifum, taifum 111
Turistas distraídos 113
Uma aparência que me enganou 117
Três mulheres 121
Visão de um matuto mineiro
sobre a aristocracia paulista 127
Entre dois leões 129
Pecado abaixo do Equador? 131
Meu aniversário em 1964 133
Vermelho até a medula 135
Angola, o pior horror que cheguei a ver 139
Conversando com a informática 143
Outros escritos: música, cinema e futebol 147
Juscelino Kubitschek e as modinhas mineiras 149
Agustin Barrios Mangoré: seis raios de prata 153
A música popular brasileira
numa visão de pássaro 157
Um apartheid na música popular? 161
Clássicos em vida 165
Duas letras, três grandes divas 169
Orlando, Silvio e Nelson 173
Wagner versus Mahler 177
Villa-lobos, Jobim e Piazzola:
qual foi mais revolucionário? 181

O terceiro homem 189
O gladiador 191
Como o mundo perdeu um grande cineasta 193
The americano 197
Realidade e mito no faroeste 199
Minha devoção pelo Vasco 205
Verdade e mito sobre o goleiro barbosa 209
O craque mais esquecido do futebol brasileiro 211
História sincera do Tricampeonato
Rubro-Negro de 1955 213

PREFÁCIO

Eu sempre me lembro de Minas Gerais quando tento pensar sobre a história de quem escreve o Brasil. Claro, temos ícones da nossa literatura que colocam o Rio de Janeiro de Machado, a Bahia d Castro Alves, a São Paulo Oswald e Mário, em um plano proeminente da nossa referência literária.

Mas temos Minas. E Minas é fundamento, é pilar. Quando lemos Minas, vem Drummond, vêm as crônicas de Fernando Sabino, vem Otto Lara Resende. Vem Guimarães Rosa, essa junção de Minas à Alemanha, de Odin a Cordisburgo (a se lembrar a coincidência do sufixo germânico na mineiríssima cidade natal de Rosa).

Mineiríssimo também é aquele que conhecemos como cientista político e, com telecomunicações, com um dos mais destacados comentaristas destes tempos esquisitos que vivemos. Na verdade, difíceis de comentar. É justamente isso o que faz de Bolívar Lamounier uma referência. Ele comenta fácil o que é difícil. Ele traduz o babélico para o velho e bom português.

Mas, isso todos nós sabemos. O que há de diferente aqui é o Bolívar Lamounier mineiro. É O Bolívar que conta, na forma da sua terra, histórias. É o Bolívar Lamounier que comenta outro mundo, diferente daquele que ele tão bem descreve e analisa em seus ensaios. É o cronista, até hoje escondido, que faz vir à tona as Minas Gerais, até agora escondidas por uma carreira acadêmica e profissional imperativamente universalizante: não se fala "uai" quando se formula uma tese, quando se avalia o quadro político de uma nação. Não dá tempo de lembrar do relevo, da poeira, das casinhas, dos amigos de infância, das namoradas que não aconteceram, dos amores que vieram, da dor de sair de Minas, ao se escrever com profundidade sobre os caminhos do Brasil.

O que este livro revela é justamente esse Bolívar Lamounier mineiro, mineiro que sempre foi. Esse cronista, que o leitor verá, é não apenas um observador delicado dos fatos à sua volta, mas também um narrador de surpreendente e sutil senso de humor. Algo que os textos acadêmicos jamais mostram e que o jornalismo, nos tempos correntes, também não pode lá muito mostrar.

Em tempo: não dá para adiantar a visão quase científica que Bolívar tem sobre futebol. Seus textos sobre esse tão polêmico assunto são, além de saborosos, surpreendente bem embasados.

Minha recomendação tardia ao leitor é: pule este prefácio, já que o melhor vem logo que você virar a página.

Jayme Serva
2021

RECONHECIMENTOS

Este livrinho é filho da pandemia que teve início em 2020 — !e da política brasileira. Sem meios para acabar com a primeira e sem ânimo para acompanhar de perto a segunda, resolvi matar o tempo brincando de cronista. Cronista, contista, memorialista e outras coisas–pois aí tem um pouco de tudo.

Acostumado a ler as análises políticas que divulgo pela imprensa e através de livros, o leitor possivelmente estranhará a ausência delas entre os 55 textos aqui reunidos. Trata-se de uma omissão proposital. Ocorreu-me dar a todos quantos me acompanham uma ideia de outras coisas que despertaram meu interesse ao longo da vida.

Agradeço a Jayme Serva, Marie Anne Worms e Maria Teresa Sadek e a minha mulher Maria Eugênia Nobre o incentivo de que eu necessitava para encetar este trabalho. Minha secretária Alessandra de Angelis, como tem feito há anos, salvou-me de vários acidentes informáticos. Quero também consignar um especial agradecimento à Editora Global por permitir-me reproduzir aqui alguns pequenos trechos de meu livro "De onde, para onde — !memórias" em forma de crônicas.

São Paulo, julho de 2021

INFÂNCIA

MINHA VARINHA DE ANZOL

Era uma tarde de outono, um pouco quente, quase nenhum movimento na cidade. Pelas duas e meia da tarde, descalço, com minha varinha de anzol e um vidrinho de minhocas numa mão, uma capanga com pedrinhas e um estilingue na outra, cruzei a cidade no sentido mais curto, subindo a rua que dava na Santa Casa de Misericórdia.

Lá, como geralmente fazia, virei à direita e percorri os três quilômetros da estrada de terra que levava ao pequeno riacho de Nossa Senhora da Conceição. Digo "de terra" porque me refiro a uma época distante, hoje é possível que tenha sido asfaltada. Chegando à margem do riacho, virei novamente à direita, caminhei uns duzentos metros e me acomodei numa clareira protegida por árvores frondosas, onde havia estado em pescarias anteriores.

Era outono, mas o riacho parecia envolto numa tarde de verão. Nenhuma folha se movia. Nenhum vento. As grandes árvores, cujas folhas já amareleciam, entrelaçavam-se sobre a correnteza. Silêncio total. Silêncio, aliás, que era o que mais me agradava nessas pescarias–que na verdade eram uma busca de solidão–mais do que os próprios eventuais peixinhos que capturava.

Dei uma volta com o estilingue, mas, como seria de esperar, nenhuma ave esvoaçava ou piava. Voltei ao meu centro de operações, armei o anzol e finquei a varinha num ponto baixo da margem. Observei-a por uma meia hora sem notar nenhuma puxada. Nenhum peixe deu o ar de sua graça. Imaginando que ainda era cedo, que eventuais interessados só viriam procurar comida mais tarde, resolvi me espichar na relva e dar uma cochilada.

Não sei se cheguei a cochilar, só sei que fiquei talvez umas duas horas naquele estado intermediário entre o sono e a vigília, pensando numa coisa e depois noutra, sem me fixar em nenhuma. Hoje, porém, refazendo todo o tempo que me separa da infância, tenho a impressão de que pensava, sim; pensava em mim mesmo. Deve ter sido a primeira vez em que, como dizem certos escritores, me "ensimesmei" A poucos dias de completar treze anos, só hoje me dou conta de que o objeto de meus pensamentos e sonhos nunca havia sido eu mesmo. Eu, filho de tal família, com uma escada de irmãos mais velhos e razoavelmente satisfeito com a vida que levava em nossa pequena propriedade rural. Nunca havia pensado nisso.

Com o sol começando a se pôr e a varinha quase parada, atenta apenas ao lento andar da correnteza, achei que era hora de me ir. Cheguei em casa pelas sete da noite, e ao chegar minha mãe já me pedia pressa, iríamos jantar logo em seguida. Deixei a varinha encostada na parede de trás do paiol, a capanga e o estilingue no chão, e corri para um banho rápido.

Minha mãe era um doce de pessoa, mas sabia mandar. Enquanto comíamos, ela baixou um de seus decretos. Queria que, no dia seguinte, domingo, os três mais jovens preparassem suas maletas. Só o essencial. Na segunda-feira iríamos nos mudar para Belo Horizonte. No resto da noite, até a hora de dormir, não consegui concatenar direito as ideias. Lembrava-me da varinha, do contato que tivera comigo mesmo, e na viagem, sobre a qual me sentia incapaz de delinear uma imagem sequer. E não por acaso. Muitos anos se passaram até eu conseguir juntar as duas pontas da experiência que iria iniciar: meu "eu" e a cidade grande.

PIPAS REDONDAS

Em Dores do Indaiá, tive o privilégio de cursar o primário nas "classes anexas", turmas mantidas pela Escola Normal Francisco Campos a fim de proporcionar experiência prática às normalistas. Minha mãe conseguiu inscrever-me antes de eu completar 7 anos, que era a idade mínima exigida. Naquele trecho da vida, dos 7 aos 10 anos, minha timidez era indescritível. Uma atividade, em particular, me aterrorizava: a "rodinha de histórias". Toda segunda-feira, logo na primeira hora, a professora organizava a classe num formato oval para que cada um de nós contasse um fato interessante que tivesse vivido no fim de semana. A história mais aplaudida pela classe era escrita na lousa. Eu sempre inventava uma bobagem qualquer: algo como "a pedido de minha tia, fui à casa dela ajudar a cortar um cacho de bananas".

Certo dia, na volta das férias, pude aquilatar a extensão do vazio que nessas ocasiões preenchia minha alma. Exalando alegria, minha colega Terezinha Ferreira Faria contou que a família a levara para conhecer o Rio de Janeiro. Conhecer o Rio de Janeiro?! Só aí já senti meu coração bater forte. Contou que vira o mar, que sentira a quentura da areia nos pés, que caminhara pelas ondas com água até os joelhos... Aplaudi porque precisava aplaudir, mas minha alma ficou cabisbaixa.

Mas a sorte não tardou a me bafejar. Poucas semanas depois, consegui uma história, como direi, "vencedora". Nossa pequena propriedade rural lindava com o perímetro urbano; o primeiro pasto distava apenas cerca de 300 metros do prédio onde funcionava a cadeia, atualmente ocupado pela Prefeitura. Vagabundando por aquele pasto, encontrei uma pipa (em Minas geralmente dizemos "papagaio") em tudo e por tudo surpreendente. Primeiro, porque era redonda, algo que eu, expert no ramo, jamais havia visto. Segundo, ela trazia no meio, em letras bem grandes, a palavra CADEIA. Pronto, não havia o que discutir. Naquela semana o prêmio seria meu. Como os presos conseguiram empiná-la, lá de dentro da cadeia? Essa questão eu espertamente tangenciei, pois não saberia respondê-la.

Lembrei-me desse episódio décadas depois, ao regressar de um compromisso no Rio; olhando o horizonte pela janela do Electra, ocorreu-me "reinventar" a pipa redonda. Custou-me umas três semanas, mas consegui dominar a arte de montar pipas redondas com até um metro e meio de diâmetro. Empiná-las era dificílimo, a linha tinha que ser muitíssimo mais forte que a de carretel que a meninada normalmente utiliza, e não era prudente manuseá-la sem luvas. Já adulto, habituado a afazeres sem muita graça, alegrei-me a mais não poder com as combinações de cores que podia usar. Fui muitas vezes empiná-las no campus da USP ou em algum outro descampado, uma vez que a operação exigia bastante espaço. Ouvindo falar do meu invento, Thiago de Mello, o grande poeta amazonense, quis conhecê-lo. Thiago publicou em 1983 um lindo livro sobre essas pequenas pipas que encantam as ruas da periferia. Seu título já é uma delícia: "Anotações sobre a arte e a ciência de empinar pagagaio, feitas por Thiago de Mello ao longo de cinquenta anos de apaixonada aprendizagem". Autografou meu exemplar com estes dizeres: "Para Bolívar, mestre inventor, com o respeito de um mestre empinador".

No Brasil, pipas são brinquedo de criança. Bem ao contrário do Japão, onde é uma arte mais que centenária. Mais ou menos na época de meu encontro com Thiago, descobri um livro muito além de maravilhoso, "The Art of the Japanese Kite", obra de um especialista, Tal Streeter, publicado pela editora Weatherhill, sediada em Nova York e Tóquio. Lá, numerosas pessoas se reúnem para empinar pipas enormes, com cinco ou mais metros de diâmetro e sempre lindamente ornadas com motivos da arte japonesa. Em certas ocasiões, centenas de pessoas se aglomeram para assistir o magnífico festejo. Streeter, autor do livro acima mencionado, conta que em Nagasaki, por exemplo, no dia 29 de abril, aniversário do Imperador, o céu acima do Monte Tohakkey fica repleto de pipas "guerreiras", supostamente se engalfinhando no belo espetáculo anual.

AMORES EM AQUARELA

Quando os idílios de nossa infância vão se perdendo na memória, penso que não há mal em contar quem os personificou. A esta altura, as namoradas ou namorados que nos faziam suspirar já devem ser avós. Nem chegaram a ser amores. Sobrevivem só como aquarelas. Ou nos leves traços de um bico-de-pena.

Hoje, os meninos e meninas de dez anos dão-se às mãos, e até se abraçam. Isso, em meus tempos de criança, era impensável. O máximo que nos era dado era conversar com o nosso "amor" quando coincidia de lhe fazermos companhia na volta para casa. Fazíamos o possível para nos ver, para ganhar um aceno ou um sorriso. Esse era o limite. E era o suficiente para nutrirmos o desejo de que o aceno ou sorriso se repetisse no dia seguinte, e no outro, e no outro, eternamente.

A imagem que ora me ocorre é a de uma colega de classe. Loura, da minha altura, admirada por toda a classe por sua inteligência. Durante muito tempo, o nome que dela me ficou na memória foi Maria Silvia Rodrigues Alves. Anos atrás, revirando minha tralha, encontrei a lista dos formandos e me surpreendi. Na verdade, ela se chamava Sílvia Alves Júnior. Para você ver, caro leitor, as arapucas que a memória nos arma.

Nossa escola recebia muitos alunos de municípios próximos. Sílvia, se bem me lembro, era de Moravânia, ou Morada Nova, cidadezinha próxima ao local onde mais tarde se veio a construir a represa de Três Marias. Os jovens que vinham de fora em geral moravam em pensões, mas nessa época a família de Sílvia fixou residência em Dores. Seu pai veio para administrar a cooperativa dos produtores de leite. Moravam numa casa espaçosa, bem ao lado da cooperativa. Esse fato dava-me duas chances de vê-la no transcurso do dia. Bem cedo, cabia-me ir à cooperativa, a cavalo, levando dois latões de leite, naquele jeito antigo que o leitor talvez tenha conhecido: um latão de cada lado. Feita a entrega do leite, eu retornava devagar, na esperança de vê-la pela janela. Quanto eu me lembre, nunca aconteceu.

Horas depois, tendo tomado o banho e vestido o uniforme, eu caminhava até a Escola Normal Era uma escola-modelo, destinada a normalistas. Mantinha um curso primário para que elas aprendessem fazendo, como se diz atualmente. Um prédio magnífico, com um grande jardim interno pontuado por árvores talvez centenárias. Foi lá que conheci Sílvia. Pouco tempo após concluirmos o curso, o pai dela foi substituído na cooperativa e a família foi embora (suponho que tenha voltado para Moravânia). Nunca nos demos as mãos e nunca mais nos vimos.

O PERENE ENCANTO DE UMA DUPLA CAIPIRA

Teria eu talvez dez anos quando, caminhando entre as dezenas de barracas de uma feira em Dores do Indaiá, senti meus olhos se encantarem com tantas novidades. Máquinas agrícolas, sementes, filhotes de aves, tecidos de vários tipos e das mais variadas cores. Nunca vira nada igual.

Era um domingo e seriam talvez onze da manhã. Estar ainda na infância não era um problema, pois, residindo na área rural e tendo que cumprir diversas incumbências na cidade, minha família não se preocupava com minhas andanças.

Em dado momento, meu encanto transformou-se em pura emoção. Ou, para ser exato, em inveja e emoção. Numa das barracas, haviam erigido um tablado para shows. Palhaços, acrobatas e, naturalmente, músicos. Tive a sorte de lá chegar precisamente no momento em que iria ter início um espetáculo de que nunca me esqueceria. Uma dupla caipira, com aqueles chapéus e adereços típicos do gênero, preparava-se para um show de canto e cavaquinho.

O misto de emoção e inveja a que me referi decorreu, porém, de não se tratar de uma dupla adulta, mas de dois jovens, ali pelos doze ou treze anos, ou seja, pouca coisa mais velhos que eu. Emoção pelo que comecei a ouvir e inveja por não estar também eu lá no tablado, participando do show.

Nas três ou quatro semanas subsequentes, não parei de atazanar minha mãe para que me comprasse um cavaquinho. É muito caro e você tem coisa melhor para fazer, ela me respondeu uma centena de vezes. No cinema local, que só operava uma sessão por dia, entre 8 e 10 da noite, a noite mais "vagabunda" era a terça-feira. Só filmes que não atraíam o público. Pois foram justamente as terças que passaram a me atrair. Volta e meia exibiam filmes biográficos sobre violinistas, pianistas ou compositores. Não perdia um.

Com o tempo, quando minha obsessão já se esvaía, meu irmão mais velho comprou um violão, mas a essa altura minha mãe e eu já estávamos de mudança para Belo Horizonte. Lá, finalmente, consegui comprar meu próprio violão e me matricular no curso de violão clássico ministrado por um professor de renome nacional. Trabalhando durante o dia e estudando à noite, não me sobrava muito tempo para aqueles exercícios duríssimos (escalas, arpejos, trêmolos...), mas não esmoreci. Não esmoreci, mas também não aprendi nada, pois minha falta de talento era de uma evidência cristalina.

Um dia, insinuando que era melhor eu parar, o professor me disse que eu já havia feito mais arpejos que o mestre Andrés Segovia em toda a sua fulgurante carreira. Que eu já teria ganho o Prêmio Nobel se tivesse dedicado todo aquele tempo à Matemática. Desisti por uns tempos, mas tentei retomar anos depois, já residindo em São Paulo, novamente com um professor de primeira linha.

A aula era às 7 da manhã, na avenida São João. De inicio, fiz um progresso considerável, depois senti que algo inexplicável acontecia. Quanto mais me exercitava, mais parecia regredir. Decidi consultar um médico especialista em mãos. Bastaram-lhe três minutos para dar-me o diagnóstico. Artrose nos dedos da mão direita. Irreversível.

Aí, claro, parei. Não sou de dar murro em ponta de faca. Mas uma coisa eu garanto, caro leitor. Sei tudo de violão clássico. Quem estudou com quem, quais foram e são os melhores, quais as melhores peças do repertório. Quer dizer, não fiquei no lucro, mas consegui descontar uma parte do prejuízo.

A TRIUNFAL CHEGADA DO FUTEBOL AOS CAFUNDÓS DE MINAS GERAIS

De quando aconteceu, me lembro bem. Foi em 1954. Já durante a semana, a cidade vivia a antevéspera de um momento extraordinário. Perdendo ou ganhando — !e, para a maioria, o mais provável seria perder de goleada — !a pequena Dores do Indaiá aguardava o domingo como um marco em sua história esportiva.

Sim, um marco em sua história. Um time do Rio de Janeiro viajaria de ônibus até a margem esquerda do rio São Francisco para enfrentar o Dorense. O estádio era pequeno, claro, mas não descabe frisar que, já no sábado, os ingressos se haviam esgotado. Os torcedores locais punham em dúvida uma das bases da física — !a de que dois corpos não ocupam o mesmo lugar no espaço.

Na relatividade das coisas, o Dorense era um dos times fortes da região. Seus adversários habituais vinham de municípios próximos. De longe vinham, no máximo, o Guarani de Divinópolis ou o Democrata de Sete Lagoas. Certa vez veio o Tupi de Juiz de Fora: um acontecimento. Mas agora a história seria outra. Outro patamar. O visitante seria o São Cristóvão. O poderoso São Cristóvão, do Rio de Janeiro, que sempre participava do campeonato carioca com seu tradicional uniforme branco.

A expectativa de um dia extraordinário tornou-se ainda mais forte quando o ônibus proveniente do Rio de Janeiro adentrou a cidade. Não direi que foi aplaudido ou aclamado — !disso não me lembro -, mas tenho na memória a avenida principal cheia de gente. Presenciar a chegada dos atletas cariocas já contava como parte do espetáculo. Era como se cada observador já estivesse pensando no que, anos após, relataria a seus filhos e netos: "sim, eu estava lá, vi quando o ônibus apareceu no começo da avenida, lá perto da Escola Normal. E não só isso: vi de perto o Santo-Cristo".

Santo-Cristo era o craque do São Cristóvão. Armador de jogo, goleador, tudo. O grande nome.

Começa o jogo. Ali pelos dez minutos, Santo-Cristo fez uma série de "embaixadinhas" com a cabeça, carregando a bola por uns dez metros, impedindo o assédio de um atleta dorense. Mais dez ou vinte minutos e o São Cristóvão fez 1 x 0. Quantos dos presentes não terão sentido a premonição de uma goleada? Fato, entretanto, é que o São Cristóvão não conseguiu aumentar sua vantagem no primeiro tempo.

Veio a segunda etapa. Para não me perder nos detalhes, vou direto ao ponto. O Dorense empata e logo em seguida faz o segundo gol. Dois a um. Naquele momento, minha impressão foi a de que todos os foguetes estocados em Minas Gerais espocaram ao mesmo tempo. O estrondo abalou toda a região e a fumaça confundiu-se com o distante azul da Serra da Saudade. E a festa entrou pela noite adentro.

Mesmo um leitor desatento terá percebido um dado intrigante de minha história. Por que tanto alvoroço em torno do São Cristóvão, que, por certo, não era um dos times fortes do Rio? Com certeza não seria páreo para os três grandes de Minas: Atlético, Cruzeiro e América. A explicação precisa ser desdobrada em dois passos. Primeiro, estamos falando de 1954. O Rio de Janeiro era o epicentro da República. De lá emanava quase tudo o que interessava ao resto do país.

Segundo, o Rio era de longe o centro de gravitação do futebol, superior mesmo a São Paulo (não obstante o feito do Corinthians como "campeão do Quarto Centenário). Tanto era que, em praticamente todo o país, os aficionados torciam para um time local e, por vezes até com mais devoção, por um do Rio. Acompanhavam atentamente o campeonato carioca. A gravitação natural que a Cidade Maravilhosa exercia por ser a sede do governo nacional era poderosamente reforçada por um outro fator: o Rio era de longe a mais poderosa origem das comunicações de rádio.

Assim, os três grandes de Minas poderiam facilmente massacrar o São Cristóvão dentro das quatro linhas, mas não nas ondas de rádio. A rádio Inconfidência, por exemplo, sediada em Belo Horizonte, tinha um alcance considerável, mas não ombreava com as ondas afetivas que o futebol do Rio de Janeiro levava àqueles nossos distantes cafundós. Mesmo a rádio Bandeirantes, a mais potente de São Paulo, chegava fraquinha ao interior de Minas. Esse panorama só viria a mudar a partir de 1966, quando o Mineirão se tornou um dos principais estádios do país. Aí sim, os clubes de Minas (assim como os do Rio Grande do Sul) alçaram-se a um pé de igualdade com os melhores do Rio e de São Paulo.

VIDA ADULTA

O DESAPARECIDO QUE VOLTOU

Quando saiu, não se despediu, não me disse aonde ia e não deixou endereço. Deve ter saído de madrugada, para que eu não o visse saindo. Não consigo atinar como o fez, pois automóvel ele não tinha, aliás nem sabia dirigir.

Sabendo o quanto o estimava, com certeza partiu ciente de que eu ia ficar triste. Você, leitor, não vai acreditar, mas anos se passaram — !muitos anos. Às vezes eu me perguntava se ele teria morrido, mas logo afastava esse pensamento: aí seria sofrimento demais.

Aos nossos amigos comuns, e eram muitos, não me cansava de perguntar se algum tinha notícias dele. Não, nenhum sabia para onde ele fora. Nenhum sabia de seu paradeiro. Teria talvez se escondido? Algum problema com a polícia? Não creio. Era corretíssimo, jamais cometeria algum ilícito.

Creia-me: procurei-o por toda parte, do Oiapoque ao Chuí. Entrei em tudo o que era loja, restaurante, biblioteca — !tudo. Só não entrei em hospitais, cadeias e cemitérios, lugares com os quais não me dou bem.

Claro, com o tempo tudo desbota. Mesmo o mais acendrado amor (ah, "acendrado amor", eis aí uma expressão que ele apreciava) aos poucos se esvai. Tenho até vergonha de dizer isso, mas já estava desistindo. Desesperançado, inclinava-me a aceitar a dura realidade. Ou tinha morrido, ou se mudara para outro país, sabe Deus.

Mas eis senão quando–sim, caro leitor, creia-me!-, ele reapareceu. Chegou hoje cedo. Sozinho. Logo vi que envelhecera bastante, mas se cuidava. Veio envolto numa capa espessa, consciente de que o inverno deste ano está duro. Chegou protegido. Ajudei-o a tirar a capa e dei-lhe um demorado abraço. Sim, ele voltou. Ele, "O Cego de Ipanema", de Paulo Mendes Campos– para mim o maior cronista brasileiro -, publicado em 1960 pela Editora do Autor.

O Paulo Mendes Campos que eu conservava na lembrança era um típico cronista mineiro: arguto, mas leve e até brincalhão. Esta descrição aplica-se a alguns, mas não a todos, talvez nem à maioria dos cinquenta textos que compõem O Cego de Ipanema. Paulo tinha lances de gênio. É dele o melhor comentário que conheço sobre Guimarães Rosa. Evoca o gigante das letras mineiras descrevendo Grande Sertão — !Veredas como o livro que tinha de existir, pois viveríamos noutro mundo se ele não existisse. Na verdade, suas três páginas sobre Guimarães são uma série de "porquês". Transcrevo abaixo o último parágrafo, para que você, meu leitor, minha leitora, tenha uma ideia mais precisa do que acabo de dizer:

"Porque esse livro conta uma história que não ouvíramos ainda, que precisávamos ouvir, uma história que agora se torna impossível imaginar não existindo; porque devemos escutar uma história ao amanhecer, outra ao meio-dia, outra ao cair da noite; uma história na infância, outra ao abrir-se das luzes e das sombras da maturidade, outra quando o farol do golfo escuro decidir o caminho da velhice; porque há uma história no princípio, outra no meio, outra no fim do mundo; porque as três histórias são uma única história: os enredos do homem, com a sua força e o seu medo, e os da mulher com a sua fragilidade e a sua coragem; porque esse livro repete a parábola da vida humana sobre a Terra e nos molha no frescor das primitivas vegetações terrestres, até aclarar-nos em definitivas indagações da consciência; porque os homens são um único homem, e um único homem são todos os homens; porque Riobaldo esteve no Egeu, no castelo que preparava a guerra santa, na grande revolução libertária, no sertão de Minas, entre os jagunços, e Riobaldo está a meu lado; porque a metafísica de Riobaldo percorre os tempos do mundo de ponta a ponta...".

Após listar e definir todos os seus "porquês", Paulo conclui: "porque nós guardamos para sempre um livro como esse — !eu o louvo com modéstia e espanto".

QUEM TEM MEDO DE PROUST?

Pergunto-me quanta gente ainda lê o *Em Busca do Tempo Perdido*, de Marcel Proust. Pergunta besta, dirão alguns, uma vez que estamos falando de uma das maiores senão da maior obra da literatura moderna.

Tal pergunta parece-me cabível porque os tempos mudaram. Hoje, faz sentido indagar se alguém ainda se anima a enfrentar sete volumes impressos em letras miúdas, leitura densa e difícil. Quem domina o idioma francês tem a vantagem de ouvir o texto, em vez de o ler. Todos os volumes estão gravados em CD, lidos por grandes artistas da fala.

Para a edição em português, a editora Globo de Porto Alegre convocou ninguém menos que Mário Quintana, Manuel Bandeira, Lourdes Sousa de Alencar, Carlos Drummond de Andrade e Lúcia Miguel Pereira. A tradução para o espanhol sofreu um percalço. Foi iniciada por Pedro Salinas, que certamente a iria consagrar como um clássico, mas Salinas veio a falecer sem concluir seu trabalho. Assim, só os dois primeiros volumes foram publicados pela editora Aguillar Mayor. O projeto foi retomado pela Alianza Editorial em 1966, que publicou a obra completa, com várias reedições, aproveitando os dois volumes iniciais traduzidos por Salinas, o terceiro concluído por José Maria Quiroga Plá e os quatro restantes a Consuelo Berges.

Mas, qualquer que seja o idioma de sua preferência, sofrerá muito quem mergulhar nesse oceano em busca de seu "trecho predileto", porque trechos maravilhosos aparecem em praticamente todas as páginas. Eu por acaso escolhi o meu quando, pensando em outras coisas, fui levado a reler partes da obra. Ei-lo: "Acho muito razoável a crença céltica de que as almas daqueles a quem perdemos se acham cativas nalgum ser inferior, num animal, um vegetal, uma coisa inanimada, efetivamente perdidas para nós até o dia, que para muitos nunca chega, em que nos sucede passar por perto da árvore e entrar na posse do objeto que lhe serve de prisão. Então, elas palpitam, nos chamam, e, logo que as reconhecemos, está quebrado o encanto. Libertadas por nós, venceram a morte e voltaram a viver conosco".

Essas seis linhas levam-nos ao que a *Recherche* tem de mais essencial. A vida é a memória. É através dela que nos chega tudo o que sabemos, conhecemos e apreciamos. Daí o livro ser uma relembrança insuperavelmente detalhada de uma vida, a do narrador, desde a mais pequena infância até a idade adulta. Nada lhe escapa, nenhuma pessoa de seu círculo familiar e social, nem da sociedade de seu tempo, que descreve com uma paixão verdadeiramente cirúrgica. Se a memória é o veio condutor, a vertente principal, a sociedade francesa da virada do século 19 para o 20 é seu complemento necessário. E aqui, não sem surpresa, descortinamos uma sociedade ainda profundamente permeada por seu passado feudal, com a rígida estratificação que indicava seu lugar a cada um. Os modos apropriados de falar, os comportamentos devidos em cada situação e os sinais de prestígio, praticamente invioláveis. Vemos, em suma, uma sociedade que parece ter chegado intacta ao século 20, sem as marcas e o esgarçamento impostos pela Revolução e pela era industrial.

OLHOS VERDE-NEGROS

Sentado num daqueles bancos de cimento com anúncios do comércio local–praticamente os mesmos que conhecera em minha infância -, pus-me a repassar o que me acontecera nos últimos dez ou quinze anos. Lembrei-me de quando decidi ir para São Paulo. Meus companheiros de geração em geral procuravam trabalho em Belo Horizonte e voltavam com frequência à terra natal. Por alguma razão que hoje não saberia explicar, optei por uma ruptura mais radical. Fui com a intenção de só regressar muitos anos depois. Em São Paulo, queria encontrar logo um trabalho e me entrosar com o meio em que iria viver, fosse ele qual fosse. Uma saudadezinha só veio a bater dez anos depois.

Combinei então com o gerente da firma que iria sair para o fim de semana, mas estaria de volta pontualmente na segunda-feira ao meio-dia. Mas meu desejo de voltar rápido não se devia apenas a esse compromisso. Já há uns seis meses eu vinha me amarrando numa colega de trabalho, Jussara, vendo-a cada vez mais como o meu modelo de mulher. Falante, espirituosa, desembaraçada, dessas que se sentem à vontade tanto no trabalho como em alguma festa com pessoas de um nível social superior ao nosso. Era, digamos assim, uma moça cosmopolita. Tratava-me com amizade, às vezes me permitia um abraço e às vezes até me prodigalizava um rápido beijo. Mas namoro, de jeito nenhum. Quando eu puxava a conversa para esse lado, ela respondia taxativamente: "não, não quero namorar você". Doía.

No sábado, fui direto do aeroporto da Pampulha para a estação rodoviária e encarei os quase trezentos quilômetros do trajeto. O ônibus era moderno, mas a estrada era quase tão precária como a de meus velhos tempos. Olhando de vez em quando a paisagem, fui pensando se encontraria alguns dos colegas do ginásio, se alguma obra importante teria sido construída, se a igreja-matriz estaria em bom estado. Ao chegar, deixei minha maleta no hotel e procurei um lugar para comer. Dificuldade, nenhuma, porque nesse aspecto estava tudo igual. Uns poucos restaurantes, que seriam mais bem designados como botecos, padarias com duas ou três mesas para clientes na hora do almoço, pastelarias. Perguntei ao garçom se ele conhecia fulano, sicrano, beltrano — !meus antigos colegas. Antes que ele respondesse, o próprio dono fez questão de me explicar. A vida da cidade mudara muito. Agora o pessoal ia para Belo Horizonte, mas raramente voltava. Uma minoria vivia em fazendas bem afastadas do núcleo do município.

No domingo, já sabendo que nada teria a fazer, saí para uma caminhada, digamos assim, "turística". A igreja-matriz. O prédio da antiga cadeia, que agora abrigava a prefeitura. O clube, onde naqueles tempos apenas se dançava, agora tinha até piscina. E o alto da capelinha, claro. Embora a subida fosse dura, resolvi enfrentar. Situada no ponto mais alto da cidade, de lá era possível descortinar as serras em volta, um entorno de que os locais muito se orgulhavam. Retornando meio exausto ao hotel, acomodei-me numa poltrona da sala para assistir ao chamado "horário nobre". Mais tarde saí para jantar, com a firme intenção de variar, quero dizer, de encontrar algum restaurante que até então não tivesse me chamado a atenção.

A uns duzentos metros, numa rua transversal, vi uma porta iluminada e ouvi uma cantoria. Fui checar. Era um pequeno restaurante, que tinha uma só mesa ao centro, para oito ou dez pessoas. Vendo-me entrar meio sem jeito, a garotada logo me convidou para fazer parte do grupo. Um rapaz fazia acompanhamentos ao violão, sem maior requinte. O dono trouxe-me uma cadeira e indicou-me um lugar ao lado de uma moça de cabelos curtos, muito escuros, que cantava e batia palmas. Cumprimentei-a, claro, mas não entendi direito o que ela me respondeu. Pedi uma cerveja e fui aos poucos, discretamente, reparando na fisionomia da moça. Era bonita. Muito bonita mesmo. Seria talvez uns dez anos mais jovem que eu, tinha o rosto arredondado e olhos cuja cor, na sala mal iluminada, eu não consegui definir bem. Não atinei se eram verdes, de um verde muito escuro, ou propriamente pretos.

Pelas onze da noite, o dono começou a fechar e o pessoal foi se levantando. Perguntei se ela poderia me indicar o caminho de volta até o hotel. "Te acompanho", ela respondeu prontamente. Moro bem ali, na praça da rodoviária, quase ao lado do hotel. No caminho, contou-me que era filha de um comerciante e que gostava muito da cidade. Não sentia falta de nada e achava que não se daria bem numa cidade grande. Como não tínhamos pressa, sentamo-nos num dos bancos da praça, contemplando a imensa lua que clareava a cidade já quase adormecida. Demo-nos as mãos, nos abraçamos e em seguida nos envolvemos em beijos inesperadamente voluptuosos. Ao se despedir, anotou meu endereço e entrou no belo casarão onde morava.

De volta a São Paulo, estranhei a ausência de Jussara no trabalho. Telefonei para a casa dela e não obtive resposta. O mesmo ocorreu na terça e na quarta. Na quinta, pelas sete da noite, um garoto bateu-me à porta. Viera trazer um envelope de Jussara, aberto, com um recado rabiscado às pressas numa folha de caderno. "Esta semana foi tão agitada que nem pude te ver", me disse. "Estou de saída, resolvi me mudar para o Rio. Boa sorte". Não deixou endereço. Aquelas quatro linhas atingiram-me como um soco no estômago. Ao espichar-me no sofá, percebi uma correspondência que a empregada deixara sobre a mesa. Era um envelope requintado, de seda, meio perfumado. Da moça de olhos verdes, claro. Abrindo-o, o que de imediato me chamou a atenção foi a cuidada caligrafia. No texto, não se percebia nenhum traço fora de lugar. Feito sobre um rascunho, óbvio. O conteúdo era de uma absoluta singeleza. Rigorosamente provinciano — !para dizê-lo como se deve. Amassei o envelope e a carta e joguei tudo no lixo.

Levei três ou quatro anos para parar de pensar em Jussara. Em todo esse tempo, nenhuma notícia, nenhuma mensagem. E foi então, à medida que a imagem dela se esvaía em minha memória, que comecei a me lembrar da moça de olhos verde-escuros. Da cantoria, de nossos abraços na praça, da lua cheia. Resolvi que precisava procurá-la. Como na viagem anterior, fui direto da Pampulha para a rodoviária. Mas havia um detalhe: do nome dela, me esquecera completamente. No fundo, imaginei que não seria um problema, uma vez que ela morava num casarão bem ao lado do hotel onde voltaria a me hospedar.

O destino não quis que as coisas fossem assim tão simples. A enorme casa de que me lembrava estava em fase de demolição. Do que dela restava, era ainda possível discernir os fortes pilares de madeira, mas no dia seguinte tudo estaria no chão. O lugar seria ocupado por um supermercado, cuja edificação começaria imediatamente. Os trabalhadores que lá estavam para liquidar a tarefa não sabiam informar para onde a família tinha ido, só sabiam que havia se mudado para outra cidade.

CABELOS CURTOS

Quando veio de Minas, Reginaldo teria 22 para 23 anos, mas tudo nele — !sua fala, seu jeito de andar — !traía uma alma adolescente. Era mais adolescente que propriamente tímido.

Digo "era" porque passei um longo período sem saber por onde andava; só quando dele recebi uma carta — !três parágrafos–nossos primeiros contatos me vieram à memória.

Favorável como o mercado de trabalho estava naquela época, em dez dias ele estava empregado. Lembro-me de que em nossa reunião com o departamento de pessoal, o gerente frisou que ele fizera um colegial bem acima da média e depois adquirira uma boa base em contabilidade. Um perfil muito adequado ao que a companhia procurava naquele momento.

Não se encaixava no modelo do mineiro fechado, caladão, e era muito benquisto no escritório. D. Eulália, sua vizinha de mesa, dava a impressão de querer adotá-lo como filho. Falava pouco, isso era verdade, e raramente nos acompanhava no chope e na conversa fiada de depois do expediente. Nós atravessámos a rua e eu, lá da entrada do bar, o via tomar o ônibus. Nunca soube se ia para casa, à academia ou a algum cinema...

Não tinha certeza, mas tudo me fazia crer que ele não dava sorte com as mulheres; falo das do escritório. Resolvi fazer uma pesquisa — !uma espionagem, para ser exato. Pelo menos três me pareciam ter tentado atraí-lo. Fui falar com elas — !uma de cada vez, é claro. Achavam-no bonito, feio? Nem uma coisa nem outra, as três me disseram. Nem viril, nem nada especial nesse gênero. Simpático, sim; doce, sim. Uma boa companhia, talvez um bom marido.

Fiquei no mesmo lugar. O que a pesquisa me disse, eu teria facilmente adivinhado.

Minha curiosidade aumentou muito. Decidi dar um passo mais audacioso: me aproximar mais dele, tentar conhecê-lo melhor; vai que até rolava uma amizade, embora eu fosse uns sete ou oito anos mais velho. Pensei numa pizzaria não muito barulhenta e convidei-o a jantar. Concordei de cara com as três meninas do escritório. Reginaldo era um sujeito muito amável, atento, e não tão ruim de conversa como eu suspeitava. Vendo que entrávamos na segunda parte da pizza, senti que era o momento certo para lhe fazer minhas perguntas:

— E a vida amorosa, como vai? Arranjou alguma namorada?

Não, não arranjara. Tivera alguns contatos, saíra três ou quatro vezes com uma moça que conhecera em seu prédio, mas não passou disso. No fundo, querendo me dar uma ideia mais precisa da situação, ele se enroscou um pouco numa linguagem algo abstrata, ou impressionista, como queira. Tentava me dizer que essa questão não o perturbava, que levava a vida normal de um rapaz na situação dele, mas... Mas que, no fundo, sentia uma pontinha de tristeza, pois não se acomodara ainda a São Paulo. Sentia-se como um peixe fora d'água em tudo, e isso influenciava seu modo de ver e sentir a vida amorosa. Nove em cada dez mulheres, mesmo bonitas e inteligentes, não despertavam seu interesse, por razões que ele não conseguia exprimir com exatidão. A certa altura deu uma risada e disse:

"Quer ver que coisa mais besta? Não gosto de mulher de cabelo curto. Não gosto porque acho feio, ou porque elas me parecem menos femininas? Não, não é isso. Não gosto porque não gosto; não sei explicar. Em Belo Horizonte, onde morei uns meses antes de vir para São Paulo, o bairro de que eu mais gostava era o da Floresta. Lá, é difícil você encontrar uma moça de cabelos curtos. Elas sempre o deixam crescer até os ombros; me agrada muito mais".

Tomamos outro chope e ele, parecendo mais à vontade, retomou a história. Em Belo Horizonte, ele mantivera um namoro firme; sentira o que é se apaixonar de verdade. Gelva, era como a moça se chamava; morena, de olhos muito verdes. Era também do interior, mas fora estudar na capital.

— O que é feito dela? — !perguntei.

Respondeu-me que ela não abria mão de estudar; queria fazer carreira em alguma coisa que ele nunca chegou a entender direito, para depois se estabelecer em Belo Horizonte. Daquele ponto em diante, a conversa foi ficando difícil, foram se comunicando cada vez menos, e foi numa dessas que ele optou por morar em São Paulo.

Passaram-se, sei lá, uns quatro ou cinco meses, vez por outro batíamos um papo mais longo, mas minha frustração continuava. Sentia que não chegara a conhecê-lo direito.

Precisei viajar ao exterior a trabalho. Me ausentei por dois meses; na volta, a primeira coisa que fiz foi correr ao canto onde ele trabalhava. Não está mais aqui, disse Eulália. Demitiu-se. Como demitiu-se? Quando, por que? Ele não deu explicações a ninguém. Foi ao Departamento de Pessoal, disse que queria sair e pediu dispensa do aviso prévio. Despediu-se de mim, acenou para mais algumas pessoas e foi-se.

Releio a carta e começo, finalmente, a entender a história. Filha de fazendeiros, atraída por uma carreira universitária, Gelva fora estudar na Europa, onde ficou quase dois anos. Um dia se comunicou com Reginaldo. Estava de volta e queria reatar o namoro. Foi nesse dia que Reginaldo saiu em disparada. Tinha tanta pressa que deixou de lado o medo de voar e viajou de avião para Belo Horizonte:

— !A primeira coisa que ela disse quando nos encontramos — !foi assim que ele começou a carta -, foi que abria mão de tudo. Não fazia questão de morar em Belo Horizonte e muito menos de seguir a carreira para a qual fora se preparar na Europa. Só não abria mão dos cabelos curtos; adorava-os assim. Desde Paris, nunca mais os deixou crescer. Ao que ele respondeu: quer saber de uma coisa? Eu também adoro.

CARMINHA GOUTHIER E EMÍLIO MOURA

Meu primo José Hipólito de Moura Faria começa seu estudo sobre a poetisa dorense Carminha Gouthier citando um artigo publicado em 1930 por Maria da Saudade Cortesão, esposa do poeta Murilo Mendes: "Carminha nasceu em Dores do Indaiá–lá naquelas montanhas onde nunca estive mas que só posso imaginar escarpadas e azuis como em Giotto". Na verdade, escreve José Hipólito, a antiga "Boa Vista da Serra", mais tarde "Capela de Nossa Senhora das Dores do Rio Indaiá", não é tão montanhosa quanto parece sugerir a escritora. Cidade pequena, de relevo ondulado, solo vermelho, ensolarada e quente, todo o seu azul se concentra nos horizontes pincelados pela serra da Saudade (...)". E completa citando o também dorense e também poeta Emílio Moura: "Serra da Saudade! Que belo e justificado nome lhe deram! Todos os que demoram os olhos sobre aquela pincelada azul que separa lá no horizonte o céu da terra, sentem logo, sem que se explique, uma vaga e triste saudade, talvez melancolia, saudade das saudades já sentidas". Eu poderia dizer o mesmo, pois muitas vezes contemplei a Serra da Saudade, em meus tempos de curso primário, de uma sala situada na lateral direita do prédio da Escola Normal.

POR FAVOR, DESCREVA SUA MALA

Durante vários anos, numa época em que viajava muito, eu levava no bolso uma foto de minha mala. Essa ideia me ocorreu logo após o décimo extravio.

O décimo-primeiro aconteceu em Londres. Fui ao balcão de reclamações, expliquei o que se passava e a moça de plantão começou a rabiscar alguma coisa; devia estar abrindo um protocolo, algum tipo de registro, sei lá. Até hoje eu me lembro dela bastante bem. Era cortês, tinha olhos muito vivos e a voz meio rouca. Divaguei durante meio minuto ou um pouco mais, como se diante de mim estivesse a Emma Kirkby em pessoa, pronta para entoar uma ária renascentista.

— !Sir, would you be able to describe your suitcase?

— !Descrever minha mala? But of course! Humm,... deixe-me ver...

— !What colour is it, Sir?

— !Colour? Well, it is kind of greyish, I believe. Yes, definitely. Greyish.

Depois veio o episódio da Moldávia. O atendente de reclamações era um senhor bigodudo. Não sei por que, mas ele não me olhou diretamente uma vez sequer.

— !Mister, good morning. O Sr se lembra de que cor é a sua mala?

— !Well, meio cinza, I guess. Entre cinza escuro e preto claro.

— Good, mister, you memory is in great shape. E o Sr vai precisar de sua mala nos próximos dias ou pode esperar um pouco?

— !Nos "próximos dias"???!!! O Sr sabe o que é vir do outro lado do mundo, chegar todo suarento aqui neste fim de mundo e não poder trocar de roupa?

— !Indeed, mister, indeed. I will do my best, thank you pela compreensão.

E eis que aí, finalmente, chegou a vez de Nova York. Já cheguei cantarolando — !"if I make it anywhere, I'll make it there..." etc etc quando, atrás do balcão, num mau humor horrível, já quase aos berros, a senhora perguntou:–What is the shape of your suitcase, mister? Square, rectangular, irregular...? Please describe it as quickly and objectively as you can", ao que eu lhe respondi na maior calma: "I will not, mam'. I will not describe it".

— !What in hell do you mean you will not, mister? Are you trying to make..."

A foto em minha algibeira não esperou para ver se era mesmo "a fool of me" o que os lábios dela esboçavam. Saiu voando e foi se postar bem junto ao nariz dela. Eu não tinha dúvida de que ela viria furiosamente para cima de mim, direto na jugular. Mas não, ela relaxou um pouco, me olhou meio de lado — !eu até me lembrei do bigodudo da Moldávia–e me concedeu um risinho amarelo:

— !"Well, I must grant that there is something original about you".

Eu também devo admitir: fiquei bem contente com o elogio. No táxi, a caminho do hotel, fui brincando comigo mesmo, me perguntando quantos dias a minha mala cinza-escuro levaria para reaparecer: dois, três, cinco dias? Ainda hoje eu me faço essa pergunta.

Em Nova York, realmente não funcionou, mas no geral o truque da foto revelou-se eficientíssimo. Quase infalível. Eu só o deixei de lado quando parei de viajar. As simple as that: no trips, no suitcases lost. A foto em meu bolso ficou sem função.

Mas não é que hoje me lembrei dela?

Saí cedo para Belo Horizonte. Tudo nos conformes, mas em Confins não teve jeito. Não havia condições de pouso. O piloto arremeteu uma, duas vezes, voou um pouco em círculos e finalmente anunciou que estávamos retornando a São Paulo.

Em Guarulhos, o aviso: "os passageiros que seguem para Recife, por favor permaneçam a bordo; os que desembarcam, por favor recolham as bagagens na esteira número 9.

Enquanto à minha frente a esteira fazia pela enésima vez o seu movimento ovalado, o saguão foi se esvaziando, esvaziando. Foi aí que eu me toquei. Aflito, corri ao balcão de reclamações, expliquei que estava no vôo que não pousou e pedi informações. Muito cortês e solícito, sem desviar os olhos de mim, o atendente perguntou:

— !O Sr seria capaz de descrever a sua mala?

EU E A COSTA DO MARFIM

Em 2003, precisei fazer uma viagem de trabalho à Bélgica. Eugênia, minha mulher, acompanhou-me na viagem; na volta fizemos uma curta parada em Paris. Estou me referindo ao dia 30 de maio, data em que tínhamos passagem marcada para retornar a São Paulo. Com o táxi já à porta do pequeno hotel na rua Chateaubriand, estava eu atando a gravata quando recebi um telefonema apavorado de Alessandra, minha secretária. Nervosíssima, ela me disse que eu precisava telefonar com urgência para o Sr. Roberto Troncon C. Filho, delegado da Polícia Federal em Guarulhos. Feito o contato, o Sr. Trocon Filho, falando rapidamente, explicou-me que eu fora envolvido num trama de traficantes de drogas. Em Guarulhos, algum funcionário do setor de despachos da Varig havia criminosamente trocado a etiqueta de uma das minhas malas pela de uma sacola carregada de drogas, cujo destino final era Abijan, na Costa do Marfim. O Sr. Trocon acrescentou que a PF já se informara sobre toda a situação e estava tomando as providências necessárias, mas que, chegando ao Aeroporto De Gaulle, eu devia me apresentar imediatamente à polícia francesa, para evitar constrangimentos. Confesso que, diante de tamanho absurdo, não cheguei a ficar preocupado. Chegando ao balcão da Varig, já dois policiais franceses à paisana aproximaram-se de mim, fazendo aquele gesto clássico de levantar a lapela para se identificarem como policiais, e pediram-

-me que os acompanhasse. Conduziram-me ao andar mais alto do aeroporto, o quinto, se não me engano, e me explicaram que eu seria inquirido na condição de traficante de drogas. Pelo que pude observar, o serviço de investigações funcionava numa grande sala, cheia de divisões e compartimentos laterais. Levando-me a um destes, apontaram-me uma sacola vermelha e perguntaram se eu a reconhecia e se tinha conhecimento de seu conteúdo. Disse-lhes, obviamente, que nunca a havia visto e ignorava totalmente o que continha. Abriram-na, mostraram-me que continha vários "tijolinhos" esbranquiçados e perguntaram se eu sabia o que era aquilo. Droga, suponho, mas nada sei de positivo a respeito. O Sr já esteve alguma vez na Costa do Marfim? — !perguntaram-me. Diante de minha negativa, perguntaram se eu tinha intenção de viajar àquele país. Respondi com outro não, e tratei de informar-lhes que tinha lugar marcado no voo da Varig prestes a decolar de volta a São Paulo. Muito bem, vamos então reduzir suas declarações a termo. O problema é que esse procedimento requer a presença de um juiz, e no momento não há um aqui presente; teriam que telefonar e conseguir que um comparecesse. Para piorar as coisas, estávamos na véspera de um feriado longo, sendo, pois, improvável que algum juiz se dispusesse a vir rapidamente ao aeroporto. Quinze ou vinte minutos depois, vieram me dizer que um juiz os autorizara a conduzir autonomamente a inquirição, o que na prática já haviam feito, portanto só precisavam de minha assinatura. Desci rapidamente e fui o último a embarcar, obviamente. Obtive cópia do memorandum que o delegado Trocon Filho enviou com urgência à embaixada brasileira em Paris, cientificando-a do que se passava comigo. Detalhado e preciso, o texto expunha todos os dados de minha viagem, explicava como fora feita a operação criminosa, demonstrava que eu não poderia sequer ter conhecimento dela, deixando claro que a responsabilidade era de algum funcionário do setor de despachos do aeroporto de Guarulhos. E concluía: "o Sr. Bolívar Lamounier é sociólogo e professor de notoriedade, sendo, inclusive, amigo do Embaixador da França no Brasil, Sr Alain Rouquié, estando, pois, afastada qualquer hipótese de seu envolvimento com a mala de viagem que foi despachada em seu nome, com destino a Abdjan, no dia 22/05/2003". Decorridos quase vinte anos, quero deixar aqui consignado meu agradecimento ao Sr. Roberto Troncon C. Filho por haver-me livrado daquele imbróglio surrealista.

A BONITA HISTÓRIA DE BRENNO E MARIA ANITA

Brenno era um homem bonito, dizem que até charmoso, um típico italiano; sua fala parecia ter uma veia naturalmente poética; seus poucos amigos e os empregados de sua pequena oficina adoravam sua verve, seu refinado senso de humor. Mas sua instrução formal era escassa; o primeiro grau ele concluíra a duras penas. O filho Andrea várias vezes lhe sugeriu matricular-se numa escola noturna, ou num curso por correspondência e fazer o segundo grau, mas Brenno nem se dava ao trabalho de responder. O assunto dele era consertar automóveis e ganhar o suficiente para custear os estudos do filho; este sim, precisava estudar, fazer uma faculdade. Foi para isso, só para isso, que ele abandonou seu vilarejo no Sul e veio para Roma. Aproveitar as oportunidades muito maiores que a capital oferecia. Seu projeto para Andrea estava certíssimo. Aos 17 anos, o jovem era um homem maduro e determinado; ajudava o pai na oficina, mas não abria mão de seguir adiante com seus estudos. Ainda não tivera coragem de conversar com o pai sobre seu desejo de fazer literatura, mas quanto a isso não se importava. Não ia mudar de ideia.

É aí que Maria Anita entra na história. O primeiro encontro deles não poderia ter sido mais fortuito. Probabilidade próxima de zero. Brenno desistir da mesa de sinuca com os amigos, sair caminhando sem um rumo certo e entrar sozinho num teatro mambembe, numa daquelas pequenas ruas romanas onde nada acontece–eis um fato inusitado. Entrou sem saber sequer o nome da peça–informação aliás que de nada lhe serviria. Era sábado, mas nem a metade dos 200 lugares estava ocupada. Brenno acomodou-se bem à frente, na terceira ou na quarta fileira, e logo a peça começou.

Não preciso dizer que ali, ao fim da peça, os dois se conhecem e o amor começa como num estalo, de um modo fulminante. Nas três semanas seguintes, eles se vêm todos os dias — !almoçam juntos, passeiam pela cidade, Brenno assiste de novo a peça, depois saem para jantar... E conversam interminavelmente. Falam de si mesmos, de tudo e mais um pouco. A oficina até fica meio largada, Brenno já não lhe dá a costumeira atenção. A recíproca é verdadeira. Ela se envolve com ele, desconcentra-se de seu personagem e tem dificuldade para manter na memória o texto que estava cansada de conhecer. O diretor chegou a adverti-la, e quem sabe a substituiria, não fora o apetite que parecia ter por ela.

No segundo mês a relação entre Maria Anita e Brenno apresenta algumas fendas. Mostra-se ambígua, quebradiça, um misto mal definido de amor e amizade; racharia de vez, com toda certeza, se não fosse o cimento erótico que a envolvia. Anita se perguntava como ela, uma atriz de fina sensibilidade, ficou caidaça por um sujeito bronco como Brenno; este por sua vez se aborrecia com certos trejeitos coquetes dela e principalmente com a infinidade de beijocas que distribuía aos conhecidos do meio artístico se acaso os encontrasse num restaurante ou cinema. Mas a essas coisas ele resistia impávido. Nada eram diante de tudo o que ela representava para ele–diante de sua beleza, de sua presença de espírito, de sua elegância, de seu riso despachado.

Eis senão quando o destino resolve pregar-lhe uma peça. Anita chega esfuziante, corre ao encontro dele, abraça-o, beija-o e lhe diz:

--- Não posso me conter de tanta felicidade. Você não vai acreditar. Sabe a nossa peça, sabe aquele teatrinho mambembe? Pois foi convidado a excursionar! A excursionar, my dear! Quatro meses nos Estados Unidos! E eu estou garantida no papel principal.

--- Quatro meses, Anita?! Você está falando sério? Mas a oficina, como é que eu faço...

--- Que oficina, que nada, Brenno. Você NÃO vem comigo, entendeu? Tira o cavalo da chuva, eu não quero que você venha e portanto você não vem. Eu é que pergunto como iria fazer se você viesse. Como iria me concentrar no trabalho e no meu personagem com você nos meus calcanhares? Além do que, você detesta recepções, festas, jantares, reuniões, e a esta altura já deve ter entendido como essas coisas são importantes na vida de uma atriz.

Acabrunhado, sentindo o peito em fogo, Brenno arriscou uma brincadeira:

— !Tudo bem Anita, mas nossa conta de telefone vai para a estratosfera...

— !Telefone, porra nenhuma. Eu não quero que você fique me telefonando. Uma vez a cada quinze dias, e olhe lá. A minha necessidade de concentração, eu já te expliquei. O que mais quer que eu diga? E você imagina que vou ficar quatro meses nos Estados Unidos sem sair uma vez sequer com algum homem interessante, algum empresário interessado no meu trabalho? De jeito nenhum, não me aborreça com seguidos telefonemas. Não seja chato, cara! Nós vamos nos falar por email, e só. Entendeu? Só email. Por telefone e skipe, eu simplesmente não vou te atender.

Brenno começa a cair na real. Não consegue compreender o que se passa. Segue-se um arranca-rabo sem tamanho. Ela o acusa de ciúmes, ele xinga-a de todos os nomes que conhece e mais alguns.

— !Mas Anita, e os seus meninos? Como vão passar esses quatro meses?

— !Olha, Brenno, eles adoram — !A-D-O-R-A-M— !ficar com os avós paternos. Esta não vai ser a primeira nem a última vez. E, claro, vão me pedir uma penca de presentes americanos.

Durante um mês as coisas se passaram exatamente como Brenno as prefigurara nos seus piores momentos. Ele escrevia dez, quinze emails, no dia seguinte ela comentava um ou dois, sempre de forma telefônica. Suscitou de novo a possibilidade de ir vê-la nos Estados Unidos, ela responde com uma rudeza de que ele até então não a imaginava capaz:

— !Se ficar me enchendo o saco, nem aos e-mails eu respondo, tá bom? Eu respondo aos que quero, só aos que quero, quando quero e como quero! E aproveito para te dar uma noticia que não vai te agradar nem um pouquinho: o contrato da companhia foi prorrogado. A crítica gostou, em média o público tem sido muito bom e o empresário ia não gostar? É claro que gostou. Prepare-se, pois: não volto mais em junho, volto em novembro.

Anita não o percebeu de imediato, mas essa violenta discussão e a noticia da prorrogação do contrato tiveram um efeito surpreendente. Foi um divisor de águas, e para melhor! Desse ponto em diante, os e-mails de Brenno começaram a se alterar; foram aos poucos ganhando uma textura e uma coloração diferente. Tornaram-se mais longos, é verdade, porém serenos, carinhosos e por vezes poéticos. Queixosos, sempre, mas toleráveis e até agradáveis. Um dia ele escreveu:

— !Anita, você nunca reparou que os piores criminosos recebem visitas? Que muitos de média periculosidade acabam sentenciados ao regime semi-livre, podem até trabalhar, só dormem na prisão? E que, no fim do ano, milhares têm direito ao indulto de Natal, passam uma semana com seus familiares e amigos? Por que então você me condena à prisão perpétua? Por que me mantém aprisionado nesta rocha solta no espaço, condenado à danação eterna?

— Anita, você já foi assistir "The way we were"? Robert Redford e Barbara Streisand? Não perca. Se bem que eu, para dizer a verdade, me liguei mais no título que no filme. Não é linda a frase em inglês? Nós não temos como dizer isso em italiano, a ideia sai torta, pobre. A ideia de voltarmos a ser do jeito que fomos, num mundo também diferente, mais bonito, mais humano. Nem preciso te dizer que acabei associando essa imagem à nossa própria situação. Será que voltaremos a ser como éramos? Alegres, amorosos, cheios de confiança um no outro? Eu acho que voltaremos. Um dia desses vai acontecer.

Voltar à Itália só em novembro? No começo de outubro foi de Anita que veio a surpresa, o que Brenno tanto queria ouvir. Ela acabara de abrir mão dos dois meses que restavam do contrato. Caíra na real, não podia viver sem ele:

— !Quase um ano longe, como pude ser maluca de me impor e de te impor essa barbaridade? Volto em uma semana, mas, por favor, me escreva todo dia, várias vezes por dia, tudo o que te vier à cabeça. Andrea, como está? Já tem noiva? Me conte tudo, fale muito de você, da oficina, do que quiser. E daquelas coisas que eu adoro, você sabe quais...".

— !"Querido, chego amanhã!!! Este é o último email que te escrevo dos Estados Unidos, e espero que seja o último de nossas vidas. De agora em diante, nós só vamos falar na orelha um do outro, cochichando.

No aeroporto Fiumicino, ao deixar a seção de entrega de bagagens, ela percorre com os olhos todo o saguão e não vê Brenno. Dá uma volta, e mais uma, e outra... Tenta o celular dele, mas nem sabe se o número ainda é o mesmo. "Cacete, que é feito daquele fdp, daquele... E ainda me deixa com essa pilha de malas para eu levar sozinha? Vai me pagar, vai ver. Bem, vamos lá. Entra na fila do táxi, deixa o taxista resmungar à vontade da quantidade de volumes e dá-lhe o endereço de seu prédio. O melhor era deixar aquela tralha na portaria e seguir no mesmo táxi para a casa de Brenno. Sentia o coração disparado, morria de saudades dele.

Bate à porta, quem atende é Andrea:

— !"Andrea, querido, querido, que lindo você está? Cadê o Brenno, cadê? Não posso esperar mais nem um minuto...!".

— !Senhora Maria Anita, meu pai morreu alguns meses atrás. Um enfarte fulminante...

— !Morreu?! Morreu como, se trocamos e-mails o tempo todo. Ontem mesmo ele me escreveu uma mensagem linda...

— !Eu a escrevi, senhora; como antes também, fui eu que escrevi todos os outros.

— !Todos os outros? Que todos os outros? Desde quando?

— !Todos os outros, desde o primeiro. Meu pai odiava computador e nunca cogitou escrever emails. Escrever e-mails, não, escrever qualquer coisa. A senhora sabe, ele era um homem tosco, sem instrução... Dizia que seu mundo era a oficina, a mesa de sinuca com os amigos e a longa espera até me ver formado numa faculdade. Burro não era, de jeito nenhum, mas nunca conseguiria dizer por escrito a riqueza de suas percepções do mundo, as coisas todas que o encantavam.

— Mas e as conversas eróticas? Aquelas coisas que nos dizíamos madrugada adentro?

— !Desculpe, senhora, com todo respeito. Eu as redigia. Eu redigia tudo–sempre, sempre. No inicio, eu tinha vergonha de conversar com ele sobre isso. É óbvio que ele nunca conferia, me dava a ideia e nem pedia para ver o texto:."pronto, tasca aí:'enviar'. Depois, com o tempo, ele passou a me perguntar, eu lia o que escrevera e ele ria muito. Nos matávamos de rir. "Ela vai adorar", dizia.

Maria Anita desaba num sofá. Seu choro é rouco, quase inaudível. Andrea fica por ali, pergunta se ela aceita um café. Não, ela não quer café.

— !Ele morreu bem aí onde a senhora está sentada. Teve uma contração repentina, fez um ruído surdo e caiu para o lado.

— !E você, Andrea, o que está fazendo para viver sem ele? A oficina continua? Você já terminou a faculdade?

— !Bem, a senhora sabe que a situação está ruça. Não é brincadeira o desemprego que há hoje na Itália.

Anita move docemente a cabeça, indicando-lhe que entende. Olha fixamente para o chão durante alguns minutos. Volta a olhar para Andrea. É também um homem bonito, muito parecido com o pai.

— !"Mas nesse caso, Andrea, por que você não vem morar comigo? De repente eu lhe consigo um emprego. Se não conseguir, paciência, você fica em minha casa.

A PROPÓSITO, O SR JÁ ESTÁ PROCURANDO...?

Em 1933, centenas de cientistas alemães escaparam do furor nazista emigrando para os Estados Unidos. Um deles foi parar na Universidade de Princeton, sediada no Estado de New Jersey. Já pensaram se isso acontecesse de novo e ele preferisse vir para o Brasil? Vai que ele detestasse o frio do hemisfério norte, ou que adorasse de paixão a nossa música, ou que seu maior desejo fosse conhecer os coqueirais e as areias brancas do Nordeste — por que não?

Como ia ser, hein?

— !Levado a uma das melhores universidades, o funcionário que o recebeu logo tratou de tranquilizá-lo: o Sr vai ficar encantado com o nosso processo de contratação. É tudo muito simples e prático. Logo que o Sr puder nos trazer os documentos que a universidade requer — !mas lembre-se, tudo com tradução juramentada e firma reconhecida, não vá se esquecer, pelo amor de Deus -, formaremos uma pequena comissão de professores para revisar e atestar que está tudo em ordem; uma formalidade, naturalmente. Se estiver tudo em ordem, seus papéis serão organizados numa pasta específica — !um dossier, concebido para isso-, e levados ao secretário da Congregação, que os examinará rapidamente, só com sua assessoria, sem necessidade de novas comissões. Essa etapa é muito importante. O secretário então providenciará para que seu dossier seja incluído na agenda da Congregação, que provavelmente o discutirá já em sua próxima reunião. Discutido, votado e aprovado, sua contratação passará a depender só do Reitor; azar será se ele ainda não tiver voltado das férias. Como o orçamento deste ano já está em execução, pode ser que o seu primeiro pagamento demore alguns meses, mas isso não é problema, seu contrato estará assinado any way. Outra possível dificuldade seria não haver uma vaga aberta no departamento de sua escolha, — !mas essa é uma questão meramente administrativa. O Sr não se importaria de ser encaixado provisoriamente no de Neolatinas, ou na Pedagogia — !isso tanto faz, não é mesmo? Importante é o Sr estar com sua situação regularizada e sentindo-se feliz e à vontade entre nós.

E a propósito, Dr Albert. o Sr já está procurando casa?

A TELEFONISTA LIGANDO PARA A CASA DE RUI BARBOSA

No Instituto de Pesquisas Econômicas e Políticas de São Paulo, onde trabalhei durante 23 anos, era frequente ligarmos para a Fundação Casa de Rui Barbosa, situada no Rio de Janeiro. Embora nunca tenham se conhecido pessoalmente, as telefonistas se entendiam como velhas amigas.

Um dia a nossa pediu demissão, tivemos que contratar e treinar outra. No primeiro dia, demos-lhe todas as instruções necessárias, mostramos-lhe nossos cadastros, falamos sobre os parceiros com os quais mantínhamos mais contato, e pronto: soltamo-la no mundo! No dia seguinte, logo às oito da manhã, ela iria ocupar a mesinha próxima à entrada, onde ficava o telefone. No fim da tarde, avaliamos como muito bom o trabalho dela. Para ser sincero, ela se mostrou mais desembaraçada do que eu esperava. Logo começou a identificar pelos nomes a maioria dos nossos pesquisadores.

A prova de fogo veio três ou quatro dias depois. Era bem cedo, o instituto estava quase vazio, mas alguém lá do segundo andar pediu-lhe uma ligação para a Casa de Rui Barbosa, o que ela tratou de fazer com a mesma diligência dos dias anteriores. Mas demorou. Aí a colega do segundo andar comunicou-se com ela outra vez, para saber por que estava demorando, e ela respondeu:

---"Hi, Dona Glória (acho que era a Glória), a senhora não sabe o que aconteceu.

— "O quê?

Ora, liguei e disse que a senhora queria falar com o Dr. Rui Barbosa, mas a moça de lá me disse que tinha uma informação importante a me dar. Rui Barbosa morreu. Há muito tempo. E me perguntou: Será que a D. Glória não sabe disso?

— Pelo visto, não, vou dizer a ela. Mas, de qualquer forma, dê os nossos pêsames a toda a família do Dr. Rui.

PADECIMENTOS QUE UM FUSCA ME CAUSOU

Vim para São Paulo numa dureza de dar dó, e bem no meio dos chamados "anos de chumbo", valha-me Deus!

Para complicar, precisei comprar um fusquinha– caindo aos pedaços, claro -, para me locomover entre meus dois trabalhos, bem distantes um do outro. Um seria relativamente estável. Consistiria em executar projetos no centro de pesquisas que Fernando Henrique havia fundado. O outro chega a ser difícil de descrever: eram bicos variados na Editora Abril, que, naquela época, funcionava no lado de lá da Marginal Tietê, perto da Ponte do Limão.

Aqui é que entra o fusquinha. Um dia, retornando da Abril, perdi o controle do carro ao fazer o trevo para pegar a pista contrária. Meus amigos me zoaram durante meses, me chamando de barbeiro, mas sabiam muito bem qual fora a causa do acidente. Justo ao entrar na curva, um mosquito daqueles que proliferam em lixões nojentos, um mosquitão grande, esverdeado, entrou em meu olho. Meu susto foi enorme, como o leitor pode imaginar. Ao perder o controle, bati num poste de eletricidade situado bem à margem da pista de rodagem. Senti uma dor forte (depois saberia que havia quebrado uma costela) e um monte de sangue escorrendo por meu rosto. Saí do carro e me sentei no chão, quase certo de haver morrido. Algumas pessoas se aproximaram, garantiram-me que estava vivo e que meus padecimentos não pareciam graves. "Chato" — !um dos circunstantes me disse — !é o que vem agora: a primeira coisa que você terá que fazer é comparecer a uma delegacia de polícia". Vejam a situação: em plena época de chumbo, enquanto eu limpava o rosto, o cara acrescenta: "a delegacia mais próxima é ali na Lapa".

Não guardo memória alguma do que me perguntaram na delegacia, nem do posto de saúde onde constataram a fratura na costela. Em ambos os casos, mandaram-me embora e ficou por isso mesmo. Só o que posso dizer é que devo ter ido embora assaz cabisbaixo.

Algum tempo depois, coisa de um ano e meio, precisei fazer uma viagem ao exterior. Comecei a reunir a documentação, o que em si podia ser meio complicado, dada a época a que me refiro. O leitor que já tenha certa idade por certo se recorda de que o visto de entrada no país para onde eu pretendia ir não era suficiente. O governo brasileiro exigia um visto de saída, quero dizer, um carimbo no próprio passaporte, portanto aí mesmo a coisa já começava a engrossar.

Certa tarde, já cansado de ruminar minha irritação, recebo uma correspondência. Correspondência oficial. Vinha da delegacia de polícia da Lapa. Era uma injunção para que eu lá comparecesse no dia tal, hora tal, uma vez que sobre mim pesava uma dupla acusação: eu era réu e vítima. Réu e vítima?! Como assim? Fiquei perplexo, claro, mas tive o bom senso de mostrar o maldito papel a um de meus colegas de trabalho, um renomado professor da USP. Ele também achou aquilo muito estranho, mas uma centelha lhe clareou o cérebro. Disse-me que o nome do signatário — !ou seja, do delegado — !lhe dizia alguma coisa. Tinha uma vaga lembrança de haver conhecido alguém com tal nome. Ofereceu-se para ir comigo à delegacia, o que, não sendo besta, imediatamente aceitei. E lá fomos nós.

O professor apresentou-me ao delegado, que me ofereceu uma cadeira e, de repente, não mais que de repente, os dois se abraçaram, logo se lembraram um do outro, e entabularam uma conversa que parecia fermentada por séculos de convivência. Falaram sobre todos os assuntos concebíveis. De seus tempos de faculdade. Do quanto adoravam participar do teatro universitário. A contar pelo número de vezes que cruzei e descruzei as pernas, e por minha crescente impaciência, pelo menos uma hora deve ter se passado.

Foi então que o presente pediu licença ao passado e o delegado perguntou ao professor:

---"Mas afinal, que posso fazer por você? Seu jovem amigo está precisando de alguma coisa?"

Dois minutos foram suficientes para o delegado entender do que se tratava e providenciar a solução:

— "Ora, meu caro, essa é uma situação frequente. Sou capaz de apostar que o papel já está pronto há muito tempo. O escrevente apenas esperou um dia em que eu, mais folgado, pudesse conversar com ele e assinar a intimação".

— Mas — !o professor redarguiu — !por que "réu" e "vítima"? Eu nunca tinha ouvido falar nisso".

— "Elementar, Watson. Porque seu jovem amigo, ao bater o carro, danificou um próprio público, portanto, em tese, tem que indenizar o Estado pelo dano causado. E vítima porque sua imperícia levou-o a sofrer ferimentos".

E, abaixando um pouco a voz, dirigiu-se a mim: "Aquele senhor trabalhando naquela mesa da sala ao lado é o escrevente. Sou capaz de apostar que ele tem os papéis bem debaixo do nariz, prontinho. Vá até lá, diga seu nome e deixe-lhe uns vinte cruzeiros. Pode estar certo que aí a história estará encerrada".

Fui até lá, deixei uma nota de dez cruzeiros sobre a mesa e sinalizei ao meu amigo professor que estava pronto para ir embora quando ele quisesse.

DUAS PEQUENAS GLÓRIAS

Logo ao terminar meu bacharelado em Sociologia e Política em Belo Horizonte, consegui admissão no programa pós-graduado da UCLA (University of California, Los Angeles). Demorei um pouco a cair na real. Um problema típico entre estudantes estrangeiros era não perceber de imediato as fortes exigências do ensino nos Estados Unidos. Os americanos, uma vez terminada uma aula, mastigavam às pressas um sanduíche e corriam para a biblioteca, cada um levando numa caneca de plástico aquele café medonho. Nós, estrangeiros, geralmente começávamos relaxados, como se o tempo transcorresse com a lentidão a que nos havíamos acostumado em nossos países de origem. Acreditando piamente que o mundo era regido por uma infinita vagareza, eu até me permitia dar um pulo em casa para checar o correio.

Claro, mais para o meio do semestre, com a aproximação das datas dos exames intermediários (mid-term exams), a ficha caiu. Era fácil perceber que o nível de tensão da classe aumentara muito. O sistema universitário americano é brutalmente punitivo: o custo do mau desempenho é muito alto. Mas até aí, eu não acreditava que o bicho pudesse ser assim tão feio. Com meu repertório de ideias genéricas, eu devia ser capaz de dar um jeito. Só vim a perceber que o bicho era de fato horrendo quando veio a prova de relações internacionais, com perguntas extremamente específicas sobre a Guerra da Coreia. "Se na data tal você chefiasse o serviço tal no Ministério da Defesa, que atitude tomaria. Justifique". Entreguei meu blue book em branco, aceitando de antemão que minha nota seria zero. Esse baita alerta vinha com o peso adicional de eu ser bolsista, condição que os mantinham sob estrita observação.

Como bolsista e na penúria financeira em que vivia, tirar férias ou mesmo fazer uma curta viagem eram sonhos inatingíveis. Concluído o primeiro semestre, meu orientador mandou-me preencher o verão com um curso sobre técnicas de pesquisa de opinião pública, a ser dado por um dos grandes nomes da área. E realmente, o curso, foi muito bem concebido. Seria um projeto real, uma pesquisa junto aos moradores Condado de Los Angeles. Todos os alunos participariam da elaboração e da aplicação do questionário e da análise dos dados. O questionário teria perguntas sobre política nacional, avaliações acerca do desempenho dos representantes no Congresso, percepções de posicionamentos ideológicos e da luta política local, além, é claro, do perfil socioeconômico dos entrevistados. Cada aluno ficaria incumbido de fazer as entrevistas numa área da cidade; no fim, receberia um conjunto de tabelas (o computador pessoal ainda não existia), cuja interpretação seria a base principal para a nota no curso.

Naquela época, era voz corrente que o racismo não era tão evidente em Los Angeles como em Chicago ou Detroit, sendo, portanto, improvável a ocorrência de pancadarias homéricas como as que frequentemente se davam naquelas duas cidades. A priori, eu não tinha elementos para discutir se essa visão tinha ou não fundamento. Fato é que fui parar num bairro "da pesada". Não se requeria esforço algum para perceber a animosidade que lá prevalecia: brancos, pretos, latinos e orientais, todos contra todos. Apesar disso, as residências do bairro, todas térreas, não tinham grades na frente. Em tese, era só ir até a porta, identificar-se e pedir a entrevista. Em tese. Na prática, o que aconteceu na maioria das vezes era...: "Bom dia. Sou da UCLA e estou participando de uma pesquisa...", e KRÁU, o morador batia-me a porta na cara. Por sorte, meu claudicante inglês não me permitiu compreender todos os impropérios que ouvi. Foi esse, como é óbvio, o aspecto que mais me impressionou na experiência. Dias depois, ao interpretar os resultados, não pestanejei: concentrei quase todo o meu texto na pancadaria que lá poderia acontecer a qualquer momento.

O professor deu-me um puxão de orelhas ainda pior que o que recebera do professor de Relações Internacionais. Disse-me que minha análise estatística era lousy (desleixada, mal feita)–um arrazoado subjetivo motivado pelo temor que sentira na área que me coubera no plano da pesquisa, baseado num sorteio entre os alunos. Deu-me uma nota baixa, fazendo-me outra vez tremer nas bases, dado o fato de eu ser bolsista. Só que aí um fator inusitado deu o ar de sua graça. Um riot colossal, amplamente coberto pela mídia do país inteiro, estourou justo no bairro onde eu havia estado: uma manifestação violenta, com vitrines quebradas, invasão de casas comerciais, depredação, começos de incêndios, e até alguns indivíduos dando tiros no meio da rua. Pedi ao professor que reconsiderasse sua avaliação de meu trabalho. Qual o quê. Seu padrão acadêmico não se rendeu à realidade. Assim, no frigir dos ovos, ficamos com uma divisão salomônica. Ele não se dispôs a rever minha nota; preferiu ficar com a pequena glória do rigor numa pesquisa banal. Eu, apesar da nota baixa, contentei-me com a pequena glória de ter feito uma previsão política acertada.

FLORES DO LÁCIO: OS MAIS BELOS VERSOS DA LÍNGUA PORTUGUESA

Atribui-se ao poeta Manuel Bandeira a originalidade e a audácia de escolher qual seria o mais belo verso da língua portuguesa.

Sua escolha foi "...tu pisavas nos astros distraída", de Orestes Barbosa e Sylvio Caldas, parte de "Chão de Estrelas", a celebrada composição musical da dupla.

Todo dia concordo e não concordo com ele. "O" verso mais bonito?! Virgem Maria, como escolher um entre os milhares de lindos versos de um idioma por sua vez tão maravilhoso como o nosso? Custa-me apenas dois minutos para propor uma alternativa:

"...uma austera, apagada e vil tristeza" (Camões).

Mas me submeterei de bom grado se alguém, repreendendo-me, propuser esta:

" Ora direis, ouvir estrelas; decerto perdeste o senso" (de Olavo Bilac).

Mas não me acomodarei no canto do ringue. Contra-atacarei com esta:

"... do mal será queimada a semente, e o amor será eterno novamente" (Nelson Cavaquinho, no samba Juízo Final).

Para não nos atracarmos, penso que a melhor solução é ceder a vez ao público. Aposto que ele escolherá esta:

"Eu sei tudo o que faço / sei por onde passo/ paixão não me aniquila" (Noel Rosa e Vadico, Feitiço da Vila), com esse lindo jogo entre "passo" e "faço".

Lembra-me, porém, a amiga Leila Pugnaloni que estamos deixando de fora ninguém menos que Vinicius de Morais: "a felicidade é como uma gota / de orvalho numa pétala de flor/ brilha tranquila/ depois de leve oscila/ e cai como uma lágrima de amor".

DO CABRITO MONTÊS AOS POLÍTICOS DO PLANALTO

Tudo faz crer que nós, brasileiros, temos algum parentesco com o Capra Ibex, aquele cabrito montês que se equilibra notavelmente na beira de estreitos penhascos, a centenas de metros de atitude.

De hora em hora ele se detém para deglutir uma moitinha de capim, tudo na maior tranquilidade. Típico das montanhas da Europa, ele de vez em quando dá uma olhada lá para baixo e nem se toca. Na remota hipótese de cair lá embaixo, ele saberá cair com jeito, bastando-lhe sacudir-se um pouco para tirar a poeira. Como povo, o que nos torna iguaizinhos ao veado montês é nossa tranquilidade. Nós também não esquentamos a cabeça por pouca coisa. Veja-se a vida em Brasília. Os políticos ficam lá se divertindo com a política, às vezes praticando o saudável esporte do xingamento mútuo ou especulando sobre aquelas formas fósseis que designam como esquerda e direita. Não precisam se preocupar muito com a alimentação, uma vez que no Planalto o capim é farto. E, claro, não temem a vertigem de áreas altas, que lá não existem.

Vertigem sentiriam se o pensamento deles se voltasse intensamente para o futuro, perscrutando-o com atenção. Nas raras ocasiões em que lhes ocorre pensar no longo prazo, esfregam os olhos, botam grossos óculos e nada enxergam que lhes deva preocupar.

Nada que lhes desvie a atenção das candentes questões da vida brasiliense: quem gravou quem, quem vai acompanhar o presidente em sua próxima viagem ao exterior, que cargos podem tentar obter para parentes. Maravilha! Isso é que é país.

Não precisamos perscrutar o futuro e podemos até esquecer o passado, que por definição já passou. Ocasionalmente se lembram de que, muitas décadas atrás, a natureza brasiliense apenas abrigava umas inofensivas jiboias. Depois apareceram umas jararacas, e um dia–ah, dessa todos se lembram, tenho certeza–um dia apareceu uma enorme sucuri. Um bicho tão grande que até montou um "departamento de operações estruturadas", uma seção inteira para gerir suas relações institucionais com o meio político e com as estatais. Mas isso também passou, porque, para escalar as instâncias recursais da Justiça, basta um advogado bem remunerado. A placidez brasiliense só começou de fato a mudar no dia em que um grupo teve a genial ideia de criar o Fundo Partidário. Com o Fundo, Brasília se transformou num rio repleto de piranhas! Volto a este ponto adiante.

Para tentar ver o futuro no poente, vou voltar a um nascente assaz remoto. Meus caros leitores certamente se lembram do Ôtzi — !o Homem do Gelo, um tipo famoso que habitava os Alpes italianos. Falecido há 5.300 anos, seu cadáver foi encontrado intacto, preservado pelas baixíssimas temperaturas. A primeira coisa que os cientistas que o encontraram quiseram saber foi o que ele teria comido em sua última refeição. Pesquisaram isso durante anos e, no fim, ficaram um pouco decepcionados. Ôtzi devia ser um homem simples, pois em seu estômago só havia carne e gordura de cabrito montês e um pequeno contorno verde — !uma saladinha. Ora, voltar ao neolítico para descobrir isso?! Voltemos a Brasília. Imagine o leitor se uma chuva de meteoros subitamente dizimasse todos os indivíduos atualmente investidos em posições de autoridade, nos três Poderes. Com centenas de estômagos à sua disposição para examinar, os cientistas dariam saltos de alegria ao constatar a diversidade e o requinte das refeições servidas no dia anterior à morte do Ôtzi: camarão, lagosta, filé mignon, frutas vindas de toda parte e, ça va sans dire, vinho francês do bom e do melhor. Refiro-me aqui ao governo federal, mas achados igualmente vistosos poderão surgir no âmbito dos Estados e municípios. Sabemos que os sempre precavidos grupos corporativos aninhados no funcionalismo estadual insculpiram na legislação uma extensa coleção de privilégios, pois bobos não são.

Tal exuberância sem dúvida levará os cientistas a fazerem o que os políticos planaltinos se habituaramos a não fazer: refletir sobre o que aguarda nosso país num futuro não muito distante. Constatariam, ao fazê-lo, que as camadas de média e baixa renda teriam de se acomodar a uma dieta mais pobre. Prever se a dieta dessas camadas será menos ou mais farta que a do pobre Ötzi é muito difícil, mas de uma coisa podemos estar certos. O Homem do Gelo viveu numa sociedade igualitária, na qual todos os seres humanos eram igualmente miseráveis, igualmente desprovidos de educação. Nenhum tinha a mais remota ideia do que hoje queremos dizer quando falamos em aumentar a produtividade do trabalho e retomar o crescimento econômico em bases sustentáveis. De educação, sabiam muito menos que nosso atual ministro.

O próprio patronato político brasiliense talvez seja forçado a moderar seu apetite. Disso já começamos a discernir alguns sinais. Por enquanto, nossos trinta e tantos partidos estão muito felizes com o Fundo Partidário, mas esse número tende a crescer e nada garante que as piranhas do futuro se contentarão com menos.

O espaço disponível não me permitiu inquirir se o políticos planaltinos são todos iguais. Parece que não, pois, bem ou mal, de tempos em tempos conseguimos avançar em alguma coisa. O grande problema é que, se não quisermos voltar á dieta de Ötzi, precisaremos pisar no acelerador, coisa difícil nesse tempo de ânimos exacerbados. Da moderação política e parlamentar, resta muito pouco. Algum destaque, agora, só atingem aqueles que botam fogo pelas narinas, ou expelem bactérias, como o dragão de Komodo. Para não me alongar mais, direi apenas que ainda não está à vista o dia em que poderemos nos esquecer do velho Ötzi, deixando-o gozar a paz de seu repouso eterno.

INVERSÃO DE PAPÉIS

Antes de se casar com a querida Martha, meu saudoso amigo Amaury morava na rua Araucária, numa casa pequena, mas linda, cujo fundo se comunicava diretamente com o parque Laje. Volta e meia aparecia por lá, algum bichinho, principalmente pequenas cobras, que metiam medo no Amaury. Eu sempre me hospedava lá quando ia ao Rio. A casa era mesmo um encanto, exceto por um detalhe: para entrar, era preciso enfrentar uma longa escada, uns vinte degraus que às vezes me pareciam ser oitocentos.

Certa noite, resolvemos matar o tempo num bar de Ipanema. Pôr as coisas em dia. Tínhamos mil ideias para trocar, um monte de gente de quem queríamos falar mal, e assim a conversa foi se prolongando, e acabamos tomando uma quantidade considerável de chope. Na volta, sentado no banco da frente do táxi, Amaury cruzou os braços e dormiu a sono solto. No primeiro degrau da escada, olhei para cima e tive a exata sensação de que iríamos escalar o Himalaia. Cambaleamos bastante antes de passar ao segundo degrau, mas éramos valentes: subimos.

Lá em cima, enquanto Amaury procurava a chave, discerni uma figura inesperada. Um gambá. Sentado num dos lados da mureta (que devia ter, sei lá, um metro e meio de altura) que cercava a frente da casa, ele nem se tocou. Fez como se nem tivesse notado nossa presença. Ficou lá, parado, com os olhos fixos em nós.

Que fazemos?, Amaury perguntou. Sugeri-lhe que descesse e trouxesse uma pedra. De tão bêbado, ele que sempre contestava qualquer sugestão, aquiesceu de pronto. Desceu o Himalaia e voltou abraçado a um paralelepípedo. "Joga nele, joga nele!", exclamei. Amaury até que tentou, mas o paralelepípedo caiu a pouco mais de meio metro de distância. Só então, lentamente, o gambá nos deu as costas para ir embora. Juro que ouvi nitidamente o que ele disse quando começou a se virar: "E ainda dizem que bêbado é gambá".

UMA PÉROLA DA GASTRONOMIA MINEIRA

Em meus tempos de Belo Horizonte, morando no bairro Santo Antônio, eu frequentemente perambulava pelos lados da avenida Getúlio Vargas, na direção da praça Savassi ou da intersecção da avenida Contorno com a BR-3, a rodovia que leva ao Rio de Janeiro.

Tinha muitos amigos naquela área. Ia à casa de um para ouvir um violão, ou porque sentia meu coração bater mais forte quando via a irmã de algum deles. No período em que estudei à noite, às vezes passava por lá só para comer alguma coisa num botequim que apreciava, e cuja conta não era das mais salgadas.

Uma vez, num fim de tarde, estava justo ali, na intersecção da Contorno com a BR-3, quando um rapaz de uns trinta anos se dirigiu a mim para pedir informações. Logo vi que era americano. Seu português era raso, mas com boa vontade consegui entender o que ele desejava. Disse-me que sua noiva chegaria ao Brasil na semana seguinte e fazia questão de conhecer um restaurante de que ouvira falar. Ela teria ouvido dizer que era uma pérola da mais autêntica gastronomia belo-horizontina, mas ambos haviam se esquecido do nome. Confesso que tal descrição nada me trouxe à cabeça. Disse ao rapaz que morava naquela área havia muitos anos e não me constava que ali houvesse algum restaurante famoso. Ele agradeceu e se afastou, dizendo-me que iria procurar mais um pouco.

Fiquei intrigado, claro. Uma casa de que eu nunca ouvira falar, ali perto de minha casa? Famosa e conhecida até no exterior? Caminhando devagar, o rapaz já estava a uns cem metros quando uma pista me veio à mente. Corri atrás dele e convidei-o a me acompanhar. Levei-o a um restaurante bem modesto, situado nos fundos do Colégio Marista, estabelecimento renomado pelo ensino de matemática, que produzia as tábuas de logaritmos usadas, salvo engano, em todo o ensino secundário brasileiro.

Voltei-me novamente para o rapaz. Veja, este é o único restaurante que há por aqui. Se você quer atender ao pedido de sua noiva, procure outro, esta é uma casa bem simples. Observe que nem placa tem.

— !O que servem? Que modalidade de comida?

Respondi-lhe que a especialidade da casa era o KAOL. Karne, arroz, ovos e linguiça. É típica de Minas, mas não chega a ser uma iguaria. Quer experimentar?

— !Bem, já que estamos aqui...

Pedimos duas porções de KAOL e cervejas. Moral da estória, o rapaz adorou. Concluiu que aquele talvez não fosse o restaurante que sua noiva tinha em mente, mas era o início obrigatório de uma temporada gastronômica em Belo Horizonte.

MEU REINO POR UM BOM BIFE

Nunca fui muito adepto da culinária japonesa. Vez por outra a experimentava, a convite de algum amigo, mas nunca por minha própria iniciativa.

Deu-se, entretanto, há pouco mais de duas décadas, que eu deveria participar do Seminário Internacional de Ciência Política, um megaevento trienal, que daquela vez se iria realizar na Coreia. Lógico que não ia perder a chance de conhecer o Japão. Maria Teresa Sadek e Judite Brito, amigas queridas e colegas de trabalho, aceitaram fazer-me companhia. Da beleza e do fascínio do Japão, não preciso falar. Tudo maravilhoso. O calor de agosto era de enlouquecer, mas éramos valentes. Estávamos dispostos a enfrentá-lo para tirar o máximo proveito da experiência.

Mas, e a comida? Nenhum problema, pensei com meus botões. Vou entrar de cabeça. Em dois ou três dias estarei acostumado. Mais que acostumado, me esbaldando. Não foi bem assim que as coisas se passaram. No terceiro dia, andando por Tóquio, eu já dava umas olhadinhas para os lados, na esperança de encontrar nem que fosse um churrasquinho no espeto. Nada. Com o correr dos dias, a situação foi ficando séria.

No quarto dia viajamos para Nara, belíssima cidade histórica. Relativamente pequena, proporciona ao visitante um prazer indizível, não só pelo deslumbramento dos templos e monumentos históricos, mas também pelo simples fato de caminhar por suas simpáticas ruas. Mas..., mas... e o bife? Àquela altura, a miragem de um T-Bone vinha-me à mente a cada minuto. Olhava para os lados, perguntava, mas, nada. Ninguém sabia onde se poderia comer uma boa carne. Foi aí que me lembrei de uma conversa que havíamos tido no trem com uma simpática senhora, que ocupara o assento fronteiro ao nosso. Delicada, educadíssima, ela sustentava com vigor a doutrina culinária japonesa. Informada de que éramos brasileiros, ela, com jeito, deixou escapar que a dieta de carne não era vista com bons olhos no Japão. Que, aos olhos dela, seria, como direi, algo impróprio, inadequado, quem sabe até sujo.

Andando por Nara, a cada passo eu até me desinteressava da paisagem, como se minha alma tivesse caído sob o domínio de um demônio chamado filé mignon. Revirei os escaninhos de minha memória até me lembrar de um truque de viagem. "Teka, Judite: pensem comigo! Em qualquer lugar do mundo, onde é que se situam coisas tidas como "inadequadas"? De início elas não atinaram com o sentido filosófico de minha pergunta. Hein? — !insisti, e aí elas tiveram o esperado estalo. Convergimos para a única resposta possível: no finzinho de alguma ruazinha de segunda classe. Coisas impróprias não se estabelecem em lugares próprios. Óbvio. Lá fomos nós, e não deu outra. Um estabelecimento simples, sem placas publicitárias na porta, mas especializado em carne bovina. Sim, carne bovina. Era só o que serviam. Sentei-me, relaxei bem as pernas e pedi: por favor, um contrafilé e uma cerveja.

PESQUISANDO INFORMAÇÕES POLÍTICAS, HOJE E ONTEM

Os mestrandos e doutorandos que hoje se esfalfam para obter os dados de que necessitam para suas dissertações devem se perguntar se tamanho esforço vale mesmo a pena. A dificuldade é enorme.

Em casa, sentados ao computador, entre um café e outro, tratam de se informar sobre os mais variados assuntos, buscando estatísticas por toda parte. Informações sobre as populações urbana e rural, sobre a economia, dividida segundo seus diversos setores, e outras mais, que exigem seguidas entradas no site do IBGE e mesmo em sites internacionais.

Imaginem estatísticas sobre eleições e a votação de cada partido em diferentes pleitos, indispensáveis nos cursos de ciência política. Para obtê-las, é mister acessar o site do TSE (Tribunal Superior Eleitoral) e localizá-las entre as milhares que o Tribunal compila continuamente, todos os dias do ano. Isso pode levar vários minutos. Se precisarem de dados semelhantes para os Estados Unidos ou para a Índia, mais difícil ainda.

Meio século atrás, quando fiz minha pós-graduação na UCLA (University of California at Los Angeles), fui relativamente poupado de tais agruras. Permitam-me ressaltar: eu fui poupado, mas não minha mãe, coitada. Certa vez me propus desenvolver um projeto sobre eleições nos municípios de Minas Gerais. Minas, como se sabe, é o estado que possui o maior número de municípios. Extraí uma amostra deles, para reduzir a trabalheira, e desenhei uma matriz de dupla entrada, com os nomes dos municípios na coluna, à esquerda, e as votações dos partidos, candidatos e votos em branco e nulos nas correspondentes fileiras (linhas horizontais). Em Belo Horizonte, minha mãe desenhou minha matriz em papel almaço e foi ao Tribunal Regional Eleitoral durante dois meses, todas as tardes, a fim de anotar minuciosamente tais informações. Em Los Angeles, ao receber aquela papelada, meu trabalho foi menos penoso. Só precisei transcrever os números para cartões (coisa de duas ou três semanas) e levar para processamento no computador central, uma vez que naquela época não existiam os atuais PCs — !computadores de mesa, individuais.

Esse aprendizado foi-me de grande valia em 1974. Pressentindo que a eleição senatorial daquele ano poderia abrir uma fenda importante no vigente regime militar, planejei dois trabalhos: uma pesquisa eleitoral clássica, por amostragem, baseada em entrevistas domiciliares, e um estudo exaustivo das votações nos 81 distritos da Capital. Uma noite, com um pequeno grupo de amigos, fui ao Tribunal Regional, armados com muitas folhas de papel almaço e uma penca de lápis, e liquidamos de uma só vez a empreitada. Essa, em poucas pinceladas, é a história da pesquisa que comecei em outubro (naquela época as eleições aconteciam no dia 15 de novembro) e concluí dois meses depois. Em meados de janeiro, o livro Os partidos e as eleições no Brasil (Editora Paz e Terra), coeditado por mim e por Fernando Henrique Cardoso, consubstanciando o sentido daquela montanha de números, estava disponível nas livrarias.

O MATUTO QUE VIROU PRÍNCIPE

O Steven era um tremendo boa-praça. Gente fina mesmo. Super bem-educado. E até cozinhar sabia, o que para mim, que não consigo nem fritar um ovo, era vital. Além do que, vivendo de uma bolsa mixuruca, como é que eu ia alugar um apartamento só para mim? Nenhuma chance.

Naquele fim de tarde, eu estava justamente pensando na sorte que havia tido. Divagando, nem o vi descer a escada. Só o notei ali perto quando ele se dirigiu a mim:

— !Escute, lá no país de onde você vem, você é algum príncipe?

De imediato, eu nem soube o que responder. E nem tive presença de espírito para achar graça na expressão que ele empregara. "Lá no país de onde você vem..."? Melhor que essa construção, só a própria pergunta. Príncipe, eu?

Um monte de coisas me veio à cabeça naquela fração de segundo. Saí lá do interiorzão de Minas para estudar em Belo Horizonte, fiz o científico, depois a faculdade, e agora estava nos Estados Unidos. Dizendo assim parece bobagem, mas naquela época a distância entre Belo Horizonte e a Califórnia era como ir daqui a Marte. Vir de férias, ver a família? Esquece. A passagem aérea custava uma fábula. Email, facebook? Ah ah, essa é boa. Nem fax existia, e telefonar custava os tubos. A tábua de salvação chamava-se correio. Eu escrevia uma carta e pedia a Deus para encurtar aquela eternidade até a chegada de um envelope verde e amarelo.

Fazia poucos meses que eu estava nos Estados Unidos. Até hoje eu dou graças aos céus por não ter pego um frio bravo na chegada. Em janeiro, quando desembarquei em Los Angeles, eu tinha um suéter vermelho e cinquenta dólares no bolso. Arranjei umas mutretas para poder passar o segundo semestre em Berkeley, e foi aí que o Steven entrou nesta história. Ele fazia pós-graduação em letras, já estava na reta final. Eu fazia ciência política e tinha muito chão pela frente. Alugamos uma casa de dois pavimentos, com sala, cozinha etc no primeiro e os quartos de dormir no segundo. O meu era uma graça. Numa tarde clara, eu conseguia ver a Golden Gate. Naquele fim de tarde, como comecei a dizer, eu nem dera pela presença do Steven. Foi ao ouvi-lo que me virei e o vi encostado no pilar da porta da cozinha.

— Príncipe, eu? O que te faz pensar isso?

E ele, com um risinho que eu ainda não conhecia, me explicou:

— !É a primeira vez que eu vejo uma pessoa lavar pratos com uma mão no bolso e a cintura a quarenta centímetros da pia.

AH, FALAR, NÃO FALA...

Graças a um convite de meu amigo Dieter Nohlen, um renomado professor alemão, passei boa parte do ano de 1990 como pesquisador assistente na maravilhosa Universidade de Heidelberg. A cidade é um pequeno paraíso, um cenário deslumbrante. Cortada ao meio pelo rio Neckar e margeada dos dois lados por morros altos e lindamente arborizados.

Não obstante conhecesse só os rudimentos do idioma alemão, fui quase sempre atendido com a mais absoluta gentileza. O "quase" da sentença anterior não foi culpa de algum alemão; foi culpa minha.

Eugênia e eu alugamos uma casa pequena, mas extremamente confortável, na subida para o castelo. Quando não tinha deveres a cumprir na universidade, Eugênia descia comigo ao centro, para almoçar ou simplesmente passear, olhar as lojas e, naturalmente, comprar jornais e revistas. Foi numa dessas ocasiões que a coisa se complicou. Entrei na loja do mesmo jornaleiro de sempre, situada numa das praças principais, e me interessei por um jornal em alemão. Fui tirá-lo na estante, embora tivesse entendido perfeitamente o aviso "não tocar nos jornais". Era uma regra básica do estabelecimento: você dizia ao dono (que também atendia ao caixa) o que queria, ele ia até a estante e descia a publicação desejada para você.

Só que nesse dia, eu, que sempre observava com rigor as normas de comportamento, inventei de puxar o referido jornal, que estava no meio de outros, numa estante. Provoquei uma catástrofe. Não toda a estante, mas pelo menos uma dúzia de jornais vieram abaixo. Esparramaram-se pelo chão. O dono do lugar ficou uma fera. Repreendeu-me quase aos brados, o que entendi não por conhecer todo aquele vocabulário, mas porque o tom era inconfundível. Apelei para a esperteza e respondi em inglês: "Sorry, I don't speak German". O homem continuou a resmungar. Uns bons quinze minutos se passaram até ele voltar ao normal. Aí fui à caixa, entreguei-lhe o jornal e tirei do bolso as moedas de que necessitava para o pagamento.

Ele, então, com um sorriso bem no canto da boca, daqueles que assustam qualquer demônio, disse-me: "Ah, sprechen, sprechen Sie nicht, aber lesen, lesen Sie". (Ah, falar não sabe, mas sabe ler). Ao que respondi, me despedindo: "It's exactly that. Good afternoon".

O MICO QUE PAGAMOS EM PRAGA

No período que passamos em Heidelberg, fizemos diversas viagens de trem, evitando grandes distâncias. Mas o filé mignon, naturalmente, haveria de ser Praga. A viagem foi bem cansativa, principalmente no trecho operado por trens tchecos. Mas enfim, lá chegamos. Em minha santa ingenuidade, vendo aquela quantidade de gente querendo vir para o ocidente capitalista, não me ocorreu que pudesse haver um movimento importante de turistas fazendo o percurso oposto. Não me preocupei em obter informações sobre hotéis e restaurantes, e muito menos em fazer reservas.

Qual não foi minha surpresa, ao consultar o bureau de turismo na estação ferroviária, ser informado de que simplesmente não havia vagas disponíveis nos hotéis de Praga. Foi então que, recorrendo à minha reconhecida genialidade, expus à Eugênia meu plano. Custaria dinheiro, mas seria muito simples. Iríamos ao hotel mais caro da cidade. É óbvio que lá haveria apartamentos disponíveis. Quando o táxi estacionou na porta do Hilton, só precisei de dois minutos para perceber que pelo menos umas cinquenta pessoas tinham tido exatamente a mesma ideia. Entramos na fila, que se movia no ritmo que o leitor pode imaginar. Duas horas depois, quando chegou nossa vez, a senhora encarregada do atendimento, já botando fogo pelas narinas, nem esperou minha pergunta: "Cavalheiro, eu já me cansei de explicar que não há uma única vaga de hotel disponível em toda a Tchecoslováquia". Não me dei por achado. Meti as mãos no balcão e repliquei que dali não sairia enquanto ela não me providenciasse uma acomodação. Em vez de me xingar, o pessoal atrás de mim aplaudiu. Conversa vai, conversa vai, ela me disse que a única solução era nos alojar numa casa de família. "Não é ilegal, ela me explicou, mas nada temos a ver com isso. Não é de nossa responsabilidade". Pois não — !respondi-lhe. Tentemos isso. Ela foi ao telefone e voltou com uma solução: "dentro de meia hora o engenheiro (nome impronunciável, mas escrito num impresso do hotel, com a placa do carro) os estará esperando na porta principal do hotel". O que sentimos? Não soube na hora e não conseguiria inventar agora uma explicação. Alívio, frustração, sei lá. O engenheiro não era monoglota. O problema é que seu primeiro idioma era o tcheco; segundo, o russo; terceiro, um alemão pior que o meu, o que não é dizer pouco. Do inglês, nem uma palavra.

Seria já meia noite quando o automóvel atravessou o centro histórico, cruzou alguns bairros residenciais e finalmente adentrou uma área mal iluminada, com ruas sem calçamento, tão ou menos convidativa que os conjuntos edificados no Brasil no nada saudoso período do Banco Nacional de Habitação. À medida que nos distanciávamos do centro, comecei a ficar nervoso e a ter fantasias que mal posso relatar. Dou um soco nesse cara? Tomo o carro dele? Mas aí, como volto? Para onde volto?

Quando chegamos ao nosso destino, logo entendi que seríamos abrigados segundo uma fórmula de que eu já ouvira falar, praticada em todo o leste comunista. Eram duas casas geminadas, uma pronta e habitada, a outra em construção. Em eterna construção, quero dizer. Como engenheiro, Mr K (chamemo-lhe assim) recebia generosos subsídios do Estado para comprar um terreno e construir sua casa. Ele comprou um terreno ao lado da casa onde morava com sua mulher e Dona Ungerova: do nome dela me lembro bem. Eugênia e eu fomos então acomodados na casa construída, pagando-lhes uma taxa razoável, e os três se transferiram para a casa em construção. Dona Ungerova, uma senhora gentil, sorridente, um tanto obesa, falava sem parar, sem se dar conta de que não entendíamos uma só palavra de tcheco. Indicou-nos o banheiro e nos fez entender por sinais que iria arranjar-nos uma refeição para depois do banho. Quando finalmente sentamos à mesa, ela trouxe uma enorme panela, cheia até a tampa de sopa de batata. Prestando bem atenção, conseguíamos ver, aqui e ali, como elegantes nadadores, uns sete ou oito pedaços de carne. Para abrilhantar a ocasião, ela ligou a TV, na qual logo reconhecemos Sônia Braga interpretando seu inesquecível papel em "Dona Flor e seus dois maridos".

Valendo-nos de nosso vasto repertório linguístico, Mr K e eu combinamos que de manhã ele nos levaria para o centro histórico. Para voltar, ele escreveria o endereço e nós tomaríamos um táxi. Vou já antecipando que, na volta, o taxista nos brindou com uma cascata de impropérios, da qual obviamente nada aproveitamos. Mesmo naquela situação adversa, pudemos apreciar quão deslumbrante é o centro de Praga. Anos mais tarde, lá estive outra vez, e a cidade era outra. Maravilhosa. Retomo, porém, nossas andanças daquele dia. Por volta de uma da tarde, foi-me de grande utilidade um fato que havia aprendido em Moscou alguns anos antes. Nos tempos do socialismo, sempre que uma fila começava a se formar, dezenas de pessoas se juntavam a ela apressadamente, mesmo sem fazer a mais remota ideia do que iria ser oferecido. Alguma novidade, com certeza. Em Praga, naquele dia, quando percebi o movimento, peguei Eugênia pela mão e corremos para lá. Santa intuição. Era um almoço. Meu entusiasmo diminuiu um pouco ao contemplar as iguarias: frangos inteiros, cozidos, brancos, sem tempero algum. Mas não precisei pensar muito para reconhecer que nossa situação não era propícia a uma negociação. Almoçamos, passeamos mais um pouco e demos um pulo à companhia aérea. No dia seguinte pousamos em Frankfurt.

PATAQUINHA

Era para se chamar Tostão. Virou Pataca, a moeda de Macau, quando constatamos que era fêmea. O diminutivo veio com o tempo e com o nosso carinho.

Nós não a escolhemos, foi ela que nos escolheu. Na entrada do prédio, quando saíamos, ela veio em nossa direção e pediu ajuda. Tinha poucas semanas de idade, era minúscula e sua magreza era tanta que podíamos ver-lhe os ossos. Nosso convívio foi maravilhoso desde o primeiro dia. Durante 18 anos, nós fizemos o que podíamos para torná-la feliz e ela, em troca, inundou a nossa casa com o seu encanto.

Não tínhamos experiência com gatos. Levamo-la para o apartamento onde morávamos, no quarto andar, demos-lhe uma tigela de leite e saímos para comprar uma ração. Na volta, onde diabos ela se metera? Procuramos por todos os cantos. Teria se jogado pela janela? Nem havíamos chegado a conhecê-la e já começávamos a ficar tristes. Aí ouvimos um miado. Recomeçamos a busca e a encontramos num cantinho atrás da televisão.

Era muito brava. Imagino que foi o sofrimento na infância o que a transformou num pequeno leopardo. Em dias frios, vinha dormir no meu colo enquanto eu trabalhava no computador. De vez em quando acordava e protestava. Meus braços ficaram cheios de marcas de suas unhadas. Rosnava até para alguns de nossos amigos, presenças frequentes em nossa casa. Certo dia um técnico veio fazer um reparo na caixa de eletricidade. Mostramos-lhe o local e voltamos para a sala. Qual não foi nossa surpresa, minutos depois, quando ele nos chamou. Pediu-nos para prendê-la. E houve também o caso de um que se prendeu. Um colega sociólogo, veio para elaborarmos juntos um projeto de pesquisa. Conhecia bem a casa. Deu-se, porém, que ele iria chegar antes de mim. Deixei a chave com o porteiro. Quando cheguei, ele havia se trancado em meu escritório, com a justificativa de que queria deixá-la à vontade.

Levá-la ao veterinário era um pesadelo. Mesmo com luvas grossas e compridas, eu tinha de tomar muito cuidado. No consultório, bastava-lhe numa fração de segundo para escapar de minhas mãos e meter-se debaixo de um armário. Tirá-la de lá era uma parada, e era eu quem o fazia, porque o veterinário também morria de medo.

Em seus últimos dias, ela às vezes soltava uns gemidos lancinantes. Eu respondia no mesmo tom e ela se acalmava por uma meia hora. Eu nunca havia testemunhado até o fim (se me entendem) a morte de um ser vivo, pessoa ou animal. Nos últimos dois ou três dias, o sofrimento dela tomou conta de mim, como se fôssemos uma só pessoa, ou um mesmo animal. No finzinho, sentados ao lado dela na cama, acompanhamos seus últimos minutos. A respiração cada vez mais fraca incapacitava-a até para produzir algum ruído. Sem tirar os olhos dela, esperei até o último momento, quando sua vida se esvaiu. Quem, tendo-a conhecido durante 18 anos, resistiria a isso sem chorar?

TAIFUM, TAIFUM, TAIFUM

Por alguma razão que no momento não me ocorre, viajei a Hong-Kong. Já havia estado lá com outras pessoas, mas dessa vez fora sozinho. Iria encontrar um casal jovem, que nascera na China, depois se mudara para os Estados Unidos, e agora decidira fixar residência em Hong-Kong.

Acho que iríamos explorar possibilidades de consultoria em Hong-Kong. Em nosso primeiro encontro, quando foram me dar as boas-vindas, uma coisa que me impressionou foi o que me disseram sobre a experiência escolar dos filhos. Haviam decidido tirá-los de uma escola chinesa e matriculá-los numa americana, porque os garotos não estavam aguentando a intensidade do ensino na chinesa. Combinamos uma conversa mais calma para as dez horas do dia seguinte, no próprio hotel onde me hospedara.

Logo após o café, fui esperá-los no saguão. Fiquei por ali, zanzando, quando vi o rapaz entrar correndo, agitado e gritando: "taifum, taifum, taifum". Sem entender o que dizia e por que se mostrava tão nervoso, fiquei abobalhado, claro. Aí percebi que o alvoroço era geral. Percebendo que eu não nada entendera, umas três pessoas me pegaram pelo braço e me levaram a um enorme letreiro, no qual havia uma explicação e uma escala numérica. Ah, agora sim: Typhoon= tufão, e o número indicava que um tufão já estava chegando, na intensidade máxima. Todo mundo precisava procurar abrigo ou embarcar imediatamente em algum meio de transporte.

Subi para o meu apartamento e, pela televisão, fiquei observando aquele enorme formigueiro humano correndo em todas as direções. Quem não conseguia tomar um ônibus ou o metrô, corria a pé mesmo. Fui à janela e percebi claramente a chegada dos furiosos ventos. Algumas árvores dobravam até quase tocar o chão. Caramba, pensei, preciso avisar meus parentes no Brasil. Dizer-lhes que estava no décimo andar de um hotel moderno, construção sólida, mais seguro impossível. Telefonei para uma meia dúzia em São Paulo e Minas. Mas veja você como são as coisas. Nenhum sabia que eu estava no exterior. Dois ou três mal sabiam onde ficava Hong-Kong e menos ainda o que era um tufão. Deixaram seus afazeres normais e ficaram aflitíssimos, procurando notícias.

Na hora seguinte, devo ter recebido uns dez telefonemas. Parentes e amigos próximos, assustados, queriam saber como eu estava. Precisei explicar a todos, um por um, que tufão é uma onda de vento excepcionalmente forte, só isso. Derruba uma casa comum, dobra uma árvore fazendo-a quase chegar ao chão, vira um ônibus como se fosse uma casquinha de sorvete, mas não causa dano algum a um hotel moderno. Portanto, eu provavelmente estava mais seguro que eles, imersos no cotidiano de Belo Horizonte e São Paulo.

TURISTAS DISTRAÍDOS

Alugamos um carro e fomos até Salamanca. Na volta, nosso plano era seguir direto para Madri. Fazia um lindo dia de sol. Saímos pelas dez da manhã, mas ao ver lá da estrada as muralhas de Ávila, resolvemos dar uma paradinha.

Muralhas lindas, sólidas, imponentes, e totalmente conservadas. De início, não me pareceram tão longas, mas depois vim a saber que percorrer a pé todo o entorno não era fácil. Entramos e logo ali vimos um estacionamento. Sem manobrista. Deixamos o carro e saímos, como disse, para dar uma espiada geral.

Decorrida uma hora ou algo mais que isso, decidimos que já era hora de pegar de novo a estrada. Mas logo nos deparamos com um pequeno problema. A muralha é homogênea, toda igual; teríamos que prestar bem atenção para localizar o estacionamento. Começamos a andar, fomos para lá, voltamos para cá e não o vimos. Teríamos ido muito além do local certo? Ou será que não chegamos até lá? O jeito era repetir o percurso, ida e volta. Mas onde diabos estava o maldito estacionamento? Quando o cansaço começou a bater de verdade, chegamos à conclusão óbvia: o único jeito era pedir ajuda à polícia.

Nisso, nenhuma dificuldade. Dirigimo-nos a um casal de policiais que patrulhava a área, que nos atendeu de uma forma impecável. Gentilíssimo. Fizeram-

-nos algumas perguntas, e aí vimos que nos havíamos metido numa enrascada.

— !Os senhores anotaram o número da quadra onde estacionaram?

— !Humm, na verdade não. Na verdade, nem percebemos que havia números. Só vimos a placa do estacionamento.

— !Tudo bem, daremos um jeito. Os senhores estão com os documentos do carro?

— !Humm, também não. Deixamos no carro.

— !E a marca do carro? Anotaram-na? Anotaram a placa?

— !Caramba, também não. (Só no lembramos de que era preto). (Foi aí que sugeri: a solução não será percorrer toda a inteira, espiando cada quadra?)

— !Cavalheiro, desculpe, mas devo informar-lhe que a muralha tem 14 quilômetros de comprimento. Mas, claro, os senhores não a percorreram por inteiro, estariam exaustos. Então, vamos olhar com mais cuidado aqui nesta área, com certeza é por aqui que o estacionamento se localiza.

O leitor compreenderá que a essa altura já seriam duas da tarde, um pouco mais ou um pouco menos. Pensar num lanche, com aquele prestativo casal de policiais fazendo o possível, não pegaria bem.

Seguimos em nossa peregrinação, de vez em quando descendo com os policiais para fazer um trecho a pé, tentando ver alguma coisa que antes nos tivesse escapado. Dando mais atenção às rampas de entrada e saída, claro. Pelo menos disso nos lembrávamos: havíamos entrado por uma rampa e logo adiante vimos o estacionamento. Foi numa dessas que o policial, sem faltar ao respeito, deu uma boa gargalhada.

— Pelo visto os senhores não são bons leitores de placas. Só pode ser aqui, logo entenderão por que se perderam.

De fato, não havia uma, mas duas placas, paralelas, da mesma cor e do mesmo tamanho. O que as diferençava era as setas. Na de cima, a seta indicava — "Parqueamento". Na de baixo, — Madrid.

Desejaram-nos boa viagem e foram-se, divertindo-se às nossas custas.

UMA APARÊNCIA QUE ME ENGANOU

Vim para São Paulo no primeiro trimestre de 1970. Enquanto morava no Rio, nunca havia entrado num estúdio de televisão. Isso veio a acontecer logo que aqui cheguei, com menos de trinta anos, e em circunstâncias que me fazem rir quando me voltam à memória.

Explico-me. Primeiro, naquela idade eu apenas começava a minha carreira intelectual. Tinha escrito muito pouco e lecionava num instituto pouco conhecido. Acresce que os tempos eram bicudos. Repressão brava. Nada como o que vemos hoje, com intelectuais de todas as áreas participando quase todo dia em debates em todos os canais. Foi por essa época — !poucos anos antes — !que a repressão chegou até mim. Cheguei a ser preso por alguns meses e fui compulsoriamente afastado de funções públicas (embora não exercesse nenhuma, servidor público encarregado de elaborar o decreto devia ser um mau profissional digitador...).

Do exposto o leitor facilmente deduzirá que eu imaginava um estúdio de TV como um ambiente glamuroso, não direi igual, mas parecido com os filmes de Hollywood. Mas vim, de qualquer forma, consciente de que minha vida estava mudando para muito pior. Sem alimentar grandes fantasias, eu precisaria me "encorpar" bastante, o que, na prática, implicava aceitar toda oportunidade de debate, envolvendo riscos, que se me apresentasse. Foi aí que entrou o assunto TV.

Nem ainda me estabelecera e já recebi um convite para participar do "Programa Ferreira Neto", transmitido depois da meia noite pela TV Record. Pelo pouco que sabia, Ferreira Neto, um sujeito com certo senso de humor, não tinha prestígio nem patrocinadores para ancorar um programa num horário mais adequado. Acho até que se meteria em complicações se tentasse, uma vez que não se furtava a fazer algumas referências "politicamente incorretas" na situação política vigente. Não sabia se haveria outros participantes ou quem poderiam ser.

O estúdio funcionava na avenida Vinte e Três de Maio, na pista oposta à do aeroporto de Congonhas. Visto de fora, o espaço parecia amplo, mas mal iluminado, fato que por si só provocou certo deságio em minha expectativa hollywoodiana, na qual funcionários e funcionárias uniformizados de branco serviam taças de vinho seco. Na verdade, fui entrando, sem encontrar ninguém à porta. Dei mais alguns passos pelo modestíssimo corredor e vi, deitada num sofá, dormindo a sono solto, uma moça loura trajando um daqueles vestidos que imitavam pele de leopardo. Arranjei uma cadeira e fiquei lá sentado até que, uns vinte minutos depois, o Ferreira Neto chegou.

Durante uns dez minutos ele me deu o chamado briefing, quer dizer, uma breve explicação de como o programa iria se desenvolver. Perguntei se haveria outros participantes. Sim, respondeu-me; o Zé do Caixão prometeu vir.

Zé do Caixão, para quem não se lembra, fazia filmes de terror, sempre vestido de preto e com enormes unhas artificiais. Não me perguntem sobre o que discutimos porque, francamente, não me lembro. Durante meia hora de trivialidades, fatos do cotidiano, e duas ou três ligeiras estocadas no regime. Fui para casa conjecturando como Shakespeare teria descrito o episódio. Talvez algo assim: "Entre a Vênus Prateada" e as TVs mais modestas algo mais há do que imagina nossa vã filosofia".

A função da moça vestida de leopardo era trazer água para o Ferreira Neto e os dois convidados.

TRÊS MULHERES

O título desta crônica coincide com o de um livro do romancista austríaco Robert Musil, também autor de um romance famoso, "O homem sem qualidades". Não há intenção de plágio, visto que as histórias são completamente diferentes e Musil não era um escritor de meu agrado. Esta minha singela crônica situa-se na antípoda das obras dele, ambientadas no meio aristocrático de Viena no final do século 19, ao passo que eu tento lembrar personagens extremamente humildes que conheci no Rio e em São Paulo cerca de três décadas atrás.

Do ponto de partida, lembro-me bastante bem. O ano era 1970 e eu morava num apartamento de primeiro andar em Copacabana, já quase no fim da avenida Rainha Elizabeth. Tinha uma empregada -, de cujo nome não me lembro, chamemo-la Maria–que cozinhava, lavava, passava — !enfim, cuidava de tudo. Estava sempre apressada para voltar para casa, pois morava muito longe, não me lembro em que bairro. Eu trabalhava o dia inteiro em Botafogo e viajava com frequência, até para o exterior, a fim de participar de seminários e projetos acadêmicos. No quilômetro zero da história, eu estava nos Estados Unidos, mas queria voltar antes do fim da semana, para não perder o começo do Carnaval. Na quarta-feira, dei um pulo a Boston, para ver meus amigos Antônio Octávio Cintra e Amaury de Souza, que lá cursavam a pós-graduação.

Deu-se que, na noite daquele dia, teve início uma gigantesca nevasca. Com o tráfego aéreo interrompido, eu não teria como chegar a Nova York, e mesmo se o conseguisse o aeroporto internacional também seria paralisado, forçando o cancelamento ou adiamento de centenas de voos. Voltei de trem, cheguei a Nova York de madrugada, consegui lugar em um pequeno hotel e saí cedo para o aeroporto Kennedy, na vã esperança de que meu voo para o Rio não fosse demorar muito.

Ledo engano. No aeroporto, centenas de pessoas esparramavam-se pelo chão e usavam suas malas como travesseiro; os mais sortudos conseguiam comer algum sanduíche trazido durante a madrugada. Para encurtar a conversa, foi só na segunda-feira que consegui embarcar, e fiquei sete horas comprimido num assento na última fileira. Claro, cheguei exausto ao Rio, e só pensava em comer alguma coisa; do Carnaval, não vi nem veria nada. E foi aí, ao chegar no apartamento da avenida Rainha Elizabeth, que meu suplício começou de verdade. A sala estava tomada por um fedor indescritível e um milhão de vermes mexia-se sobre o tapete. Julgando que eu chegaria na sexta-feira, Maria deixara um frango pronto, descoberto, sobre a mesa. Dizer que passei horas limpando a casa seria chover no molhado. O que me cumpre dizer é que, durante todo esse tempo, o lado bom de minha alma digladiou-se com o lado mau, até convencê-lo de que não fora Maria a culpada pela nevasca em Boston.

A sucessora de Maria chamava-se Neusa. Sei lá por que razão, eu sempre a chamava de Dona Neusa. Veio indicada por uma amiga, com uma suave advertência: "olha, ela é um pouco esquisita, mas com paciência vai dar tudo certo". Neusa era preta, tinha uma fala por vezes rebuscada, e curiosos lapsos de memória, dos quais ela mesma se ria. Vem-me à memória uma noite em que recebi um casal de amigos para jantar. Pedi a ela toda a atenção possível aos detalhes, ao que ela previsivelmente respondeu: "Pode deixar, Dr Bolívar, pode deixar. Cuidarei de tudo". Quando trouxe os pratos e nós nos sentamos à mesa, eu precisei dizer a ela: "Dona Neusa, parece que a senhora se esqueceu dos talheres..." E ela: "Meu Deus, vejam só, às vezes me esqueço deles..."

Neusa dormia no quarto de empregada até as quintas-feiras e ia para a casa dela nos fins de semana. Nunca me falou sobre tal casa, mas devia ser uma habitação pobre, em alguma periferia distante. Muitas vezes a ouvi falar sozinha lá no quarto dela, mas, não conseguindo entender direito o que dizia, deixava para lá e voltava a dormir. As coisas começaram a mudar numa noite em que ela começou a falar muito mais alto do que o habitual. Resolvi ir ver o que acontecia. Encontrei-a sentada na cama, muito mal-humorada, proferindo impropérios contra "eles". "Eles quem, dona Neusa?". E ela: "Os brasileiros! É uma gente preguiçosa, imprestável. Imagine o Sr que contratei um serviço em minha casa e eles aprontaram uma lambança. Nem o jardim arrumaram direito". "Entendo, Dona Neusa, sei bem como é isso. Mas, a esta hora, é melhor a senhora voltar a dormir, amanhã conversamos mais".

Eu já estava de mudança para São Paulo quando aconteceu outro episódio, este com traços muito mais reveladores. Novamente, sentei ao lado dela na cama e perguntei o que a atormentava. Ela, quase gritando, agoniada, respondeu-me: "Quem pôs essa pele preta em meu corpo? Não sou preta, sou branca. Sou uma princesa russa". Pronunciava o "r" de russa como se fosse um só, como um espanhol pronunciando Roma. E continuou: "Isso é uma maldição que puseram em mim. Algum demônio saído dos infernos. Não sou preta, sou branca. Sou uma princesa russa".

Em São Paulo, demorei bastante a encontrar uma moradia adequada, mas no fim deu certo. Aluguei um apartamento num simpático edifício na rua Pernambuco, perto da rua Bahia, onde iria trabalhar. E, novamente por indicação de uma amiga, consegui uma empregada chamada Marlene. Uma pessoa muito diferente da Maria e da Neusa que eu conhecera no Rio. Mais jovem e bem aparecida. Sua condição social era mais alta; penso que poderia descrevê-la como de classe média baixa. Timidez, nenhuma; Marlene era falante e bem malandra. Pelas sete da noite, quando terminava os afazeres domésticos, vestia sua melhor roupa e saía para a noite. O administrador do prédio, um português, logo percebeu que Marlene começava a fazer amizade com sua filha, uma moça de 16 ou 17 anos. Chegou a me pedir que evitasse o contato entre as duas, ao que respondi, como é evidente, que não era problema meu. Marlene pediu-me emprestado um pequeno aparelho de TV, já bem velho, que eu nunca usava. Emprestei, claro.

Como era fácil prever, minhas relações com o administrador deterioraram-se rapidamente à medida que Marlene foi ganhando a amizade da filha dele e que esta até saiu com ela, para um cinema, lanchonete ou coisa parecida. Mas a coisa complicou de verdade foi numa noite em que, ao chegar de viagem, abro a porta e vejo Marlene sentada no sofá ao lado de um rapaz bem vestido, de um nível social obviamente muito superior ao dela. Ao me ver, ela imediatamente se levantou e veio ao meu encontro, dizendo: "Oi, tio, que bom que chegou, eu já estava com saudade! Quero lhe apresentar o Piero (ou coisa que o valha; um nome italiano). Se me lembro bem, Piero trabalhava na Alitália, não sei em que função. Expliquei-lhes que estava chegando de uma longa viagem e pedi licença para descansar. Duas horas depois, quando me levantei de meu cochilo, eles já tinham saído. Nem precisei conversar com Marlene. Desse ponto em diante ela compreendeu que não dava mais, que eu teria que demiti-la. Deixou sua maleta pronta, esperando apenas eu tomar o café para acertarmos as contas. Pois é, eu lhe disse, "eu gosto muito de você, mas a situação aqui ficou insustentável. Desse jeito, eu é que vou sobrar...". E ela: "compreendo, claro, compreendo perfeitamente; eu já percebia que não tinha mais jeito. Não se preocupe, te agradeço muito. E, a propósito, você se importa se eu levar a TV"? Esbocei um sorriso malicioso e respondi que sim: claro, pode levá-la.

VISÃO DE UM MATUTO MINEIRO SOBRE A ARISTOCRACIA PAULISTA

Meus colegas de geração universitária com certeza se lembram do professor Júlio Barbosa. Grande figura. Não foi um sociólogo de primeira linha, não publicou quase nada, mas tinha um faro notável para autores e livros que pudessem ser de interesse para nós.

O curso de Sociologia e Política na Faculdade de Ciências Econômicas da UFMG, que cedo se firmou como um dos melhores do Brasil, foi obra do Júlio. Ele o implantou e dirigiu durante muitos anos. Soube como ninguém motivar os novos alunos que iam chegando para abraçarem de fato aquela carreira até então quase desconhecida no Brasil. Motivar: nisso Júlio foi admirável. Simples, bem-humorado, brincalhão, Júlio tratava de estabelecer um convívio amistoso e igualitário entre as três "classes" que compunham o curso (como todos os outros da Faculdade): professores, alunos bolsistas e alunos não bolsistas. Bolsistas eram os que conseguiam aprovação num exame aplicado na metade do primeiro ano, exame severo, através do qual eram anualmente recrutados cerca de dez por cento de cada nova classe. Quem passou por lá guarda boas memórias do prédio que sediava a Faculdade, na rua Curitiba, 832, esquina de rua Tamoios, bem no centro de Belo Horizonte. Com o mestre paulista Florestan Fernandes, não cheguei a conviver. Tive alguns contatos ocasionais, mas o conheci sobretudo através de ex-alunos dele–vários dos quais chegaram ao primeiro plano da ciência social brasileira. Apesar da superficialidade desse conhecimento, não tenho dúvida de que ele era a antítese do Júlio Barbosa. Dizer que era autoritário pode ser um exagero -, mas era, como direi, um chefe, um professor à moda antiga, que não abria mão de sua autoridade vertical sobre os estudantes e até sobre os professores mais jovens.

Os paulistas, além de muito mais famosos, caracterizavam-se pela elegância no trajar. Sua marca registrada era um blaser azul com calça cinza. Lá pelas tantas o grupinho mineiro vê os paulistas entrando, vestidos exatamente como acabei de descrever: Florestan Fernandes, José Arthur Giannotti, Fernando Henrique Cardoso e mais um ou outro que não me vem à memória. De tão bem cortados, os blasers, nem deixavam transparecer que haviam voado as onze horas de São Paulo a Nova York. Admirando aquela impecável elegância, Júlio Barbosa saiu-se com o seguinte comentário: "Vocês já pensaram se nevasse em São Paulo?"

ENTRE DOIS LEÕES

"Seu" Francisco era um homem corretíssimo. Cumpria seus deveres cívicos com um rigor verdadeiramente espartano. Ao perder a mulher, decidiu voltar a viver em sua terra natal, uma pacata cidade de 15 ou 20 mil habitantes, bem distante, lá no interior. Tinha tudo para levar uma vida estável e tranquila. Iria morar numa modesta casinha que lá possuía, recentemente desocupada, e continuaria a complementar a aposentadoria com o aluguel de um imóvel onde funcionava uma loja de materiais de construção.

Naquela manhã, iria fazer pessoalmente a entrega de sua declaração de Imposto de Renda na repartição da Receita Federal. Vestiu seu terno, desligou o rádio, atou a gravata e deixou aberta a porta dos fundos, que dava para um pequeno jardim, para que o cachorro pudesse se movimentar mais à vontade. Ao sair, embora já fossem quase onze horas, não reparou que toda a vizinhança havia fechado às janelas–certamente após ouvir o locutor da rádio local avisando, aos berros, que o leão do circo havia escapado e estava assustando muitas pessoas. Como era seu hábito quando ia ao centro, Francisco tomaria a rua do cemitério, cujo longo muro equivalia a mais da metade do caminho.

De imediato, os soldados do Corpo de Bombeiros não perceberam que rumo o leão havia tomado. Partiram em velocidade quando alguém lhes apontou a rua do cemitério. Lá chegando, não lhes foi difícil, com seus dardos, pôr o leão para dormir. Quem se deu mal foi "Seu" Francisco. Não conseguiu correr e não resistiu às mordidas do leão.

PECADO ABAIXO DO EQUADOR?

Sempre sustentei que nossa rala politização se deve ao nosso igualmente escasso conhecimento da história do Brasil e, em particular, sobre a história de Minas Gerais. Sem conhecer o que aconteceu em Minas no tempo da mineração, não vejo como alguém possa de fato entender nossa formação como povo. Sei que sou suspeito para dizer isso, pois sou de lá e sempre nutri um grande amor pelas coisas de Minas.

Entre os livros que colecionei sobre a era da mineração, um que especialmente me agrada é o do historiador inglês C.R. Boxer, A Idade do Ouro do Brasil, obra de 1962, publicada em português pela Companhia Editora Nacional em 1963. A escrita de Boxer deixa entrever um verdadeiro lorde e, de fato, ele foi nada menos e nada mais que professor de português camoniano no King's College, da Universidade de Londres. Dono de uma enorme erudição, ele recebeu fortíssimo apoio para sua pesquisa, apoio que começou, segundo ele mesmo nos informa no prefácio da obra, graças "à generosidade do Senador Assis Chateaubriand, Embaixador do Brasil junto à Corte de St. James".

Não direi que é meu livro de cabeceira, mas de tempos em tempos deito-lhe uma vista d'olhos e sempre localizo alguma preciosidade que antes driblara minha atenção. Hoje, repassando um longo trecho sobre o contrabando de ouro, deparei-me com esta (página 181):

"Em março de 1731, um informante denunciou uma Casa da Moeda e uma fundição clandestinas, instaladas em região remota da serra de Paraopeba, em Minas Gerais. Eram operadas por uma quadrilha de falsários, dirigidos por Inácio de Souza Ferreira, aventureiro sem escrúpulos, mas que tinha sido, sucessivamente, frade oratoriano e comandante de uma nau de carreira da Índia Oriental, antes de sua vinda para o Brasil. A quadrilha contava com especialistas outrora empregados em fundições e com mais de trinta escravos negros bem armados. O edifício incluía um prédio de residência de campo, armazéns e capela–as necessidades espirituais dessa controlada comunidade criminosa sendo atendidas por um frade dominicano residente".

MEU ANIVERSÁRIO EM 1964

Na manhã do dia 31 de março de 1964, fiz meu percurso habitual para a Faculdade de Ciências Econômicas da UFMG, situada na esquina das ruas Tamoios e Curitiba.

Tomei o ônibus Getúlio Vargas na esquina da avenida do Contorno com a rua Espírito Santo, bem perto de minha casa, e desci no ponto final, próximo ao prédio onde à época funcionava a Assembleia Legislativa, na rua Tamoios. Caminhei pela Tamoios até a metade do quarteirão seguinte, onde se localizava o saudoso cinema Tamoio, e lá me detive ao perceber que havia soldados fortemente armados posicionados nos tetos de alguns edifícios. Mais alguns passos e vi que a porta da faculdade estava bloqueada por uma meia dúzia de soldados.

Dei meia volta e fui para a minha casa, ficando o dia inteiro acompanhando pelo rádio o escasso noticiário sobre o golpe militar. Três ou quatro dias depois, já nada mais havia de relevante para ouvir; passei então para minha modesta coleção de long-plays e para minha "vitrola", como era então chamados os aparelhos de som. Toquei dezenas de vezes um disco que me fora presenteado por Herbert de Souza, o Betinho. Não mantínhamos uma amizade estreita, mas, na véspera de uma viagem que ele faria à União Soviética, ele me perguntou se eu desejava algum souvenir de lá. Respondi-lhe que ouvira falar de uma bela gravação da

Nona Sinfonia de Beethoven, e ele me fez essa gentileza. Numa embalagem tosca, praticamente sem capa, lá estava, a Nona e a Fantasia em Dó sustenido menor. De fato, uma maravilha.

No dia 25 de abril, data de meu aniversário, alguns colegas de faculdade convidaram-me para um pequeno encontro no apartamento de um deles. Seria pelas oito da noite. Deu-se, entretanto, que, pelas quatro da tarde, chegaram à minha casa três indivíduos à paisana, bem armados, com o objetivo de levar-me ao centro de investigações montado no quartel do 11º Regimento de Infantaria. Enquanto me vestia, minha mãe ficou conversando com eles, na mais absoluta calma, inclusive oferecendo-lhes café. Quiseram ver meus livros, mas só apreenderam um de Roberto Campos, que tinha no título a palavra "planejamento".

Já eram altas horas da noite quando vim a ser inquirido, após algumas intimidações. Nada tendo de importante a me perguntar, e disso eles certamente sabiam antes de me prender, liberaram-me para voltar para casa de táxi. De concreto, restou meu indiciamento, junto com centenas de outros estudantes, no Inquérito Policial-Militar sediado em Juiz de Fora.

VERMELHO ATÉ A MEDULA

Em 1966, quando fazia minha pós-graduação em Los Angeles, comecei a sentir que a saudade da família começara a bater forte. Obtive de meu orientador licença para uma viagem um pouco mais demorada a Belo Horizonte. Ele compreendeu perfeitamente os meus motivos sentimentais, mas tratei de reforçá-los dizendo que pretendia colher dados para minha futura tese de doutoramento.

O momento era alvissareiro, pois o Departamento de Ciência Política da UFMG acabara de entrar em funcionamento, e tudo indicava que viria a ser uma instituição de grande prestígio, como de fato aconteceu. Clara indicação disso foi que, no segundo semestre daquele ano, o DCP promoveria um seminário de ciência política, ao qual compareceria a nata internacional dessa área de estudos. Estaria também presente Peter Bell, o representante da Fundação Ford no Brasil, um grande benfeitor das ciências sociais em nosso país, com quem tive o privilégio de manter uma estreita amizade até o falecimento dele, em 2012.

Do seminário propriamente eu não teria condições de participar, pois deveria retornar a Los Angeles para o semestre de outono, cujo começo praticamente coincidiria com a referida reunião. Preparei-me, pois, para a viagem de volta, mas não pude iniciá-la em razão de um fato imprevisto e desconcertante. No aeroporto do Galeão, no Rio, ao me apresentar no balcão da companhia aérea, fui informado de que meu visto de entrada nos Estados Unidos fora cancelado. No dia seguinte, fui bem cedo à Embaixada americana, que me instruiu a voltar a Belo Horizonte, uma vez que a ordem de cancelamento partira de lá; era, pois, ao Cônsul local que deveria me reportar. Tratei de estabelecer contato com o Peter Bell antes mesmo de embarcar para a capital mineira, o que, segundo me pareceu, a própria embaixada já havia feito.

Em Belo Horizonte, fui rapidamente ao encontro do Peter Bell para pedir-lhe que me acompanhasse ao Consulado, o que ele de imediato se prontificou a fazer. O que se passou desse momento em diante, como antecipei, foi bizarro, para dizer o mínimo, e afetou o restante de minha vida.

O Consulado americano funcionava no oitavo andar de um prédio situado na esquina das ruas Guajajaras e Bahia, ao lado da lanchonete Camponesa, uma referência da culinária belorizontina daqueles tempos. Quando Peter Bell e eu nos apresentamos à recepção, o cônsul nos fez saber peremptoriamente que nos receberia um de cada vez, não juntos. Entrei primeiro, e bastaram-lhe cinco minutos para me dizer que não iria reconsiderar sua decisão. Que cancelara meu visto porque me considerava um perigoso comunista. Peter entrou em seguida e, na descida do elevador, contou-me rapidamente o que se passara na conversa dele com o Cônsul. Quarenta e um anos mais tarde, em 2007, ele fez o mesmo relato num depoimento prestado à revista dos veteranos da Fundação Ford (LAFF Society

Newsletter, 52, 2007). Transcrevo na nota abaixo uma tradução juramentada do que o Peter Bell escreveu na newsletter da Fundação Ford.

The consul insisted on seeing Bolivar and me separately rather than together. When Bolivar emerged from his meeting, he did not utter a word, but looked crestfallen. It was then my turn to go to the office. The consul shut the door and told me point blank that he could not possibly grant a visa to Bolivar. When I asked why, he said that it was because Bolivar was the ***real thing****. I asked what that meant, and the consul responded: He is* ***deep red****. Having told me that, he admonished there was nothing more to be said.*

With that, Bolivar and I took the elevator down to the ground floor of the building that housed the Consulate. As we got out, members of the Brazilian secret police seized Bolivar and manhandled him into the back of a covered truck. I tried to accompany him, but was pushed back. I went back to the Consulate again and demanded an explanation. To no avail". O Consul insistiu em falar com Bolívar e eu separadamente, e não juntos. Quando Bolívar saiu de sua reunião, ele não pronunciou uma só palavra. Parecia abatido. Foi então a minha vez de entrar na sala. O Consul fechou a porta e me disse, sem rodeios, que não poderia de forma alguma conceder um visto a Bolívar. Quando perguntei por que, ele disse que Bolívar era "a própria coisa". Perguntei o que significava aquilo, e o Consul respondeu, "Ele é vermelho até a medula". Não havia, advertiu ele, nada mais a ser dito.

Assim, Bolívar e eu tomamos o elevador para descer ao térreo do prédio que abrigava o Consulado. Quando saímos, membros da polícia secreta brasileira pegaram Bolívar e o forçaram a entrar na parte traseira de um caminhão coberto. Tentei acompanha-lo, mas fui rechaçado. Subi novamente ao Consulado e exigi uma explicação. Em vão.

Os agentes e a direção do DOPS nada me disseram, nem perguntaram. Fiquei quase três meses atrás das grades, sem qualquer comunicação oficial das autoridades. Era, naquele momento, o único preso político sem processo formado em todo o Brasil, com o que meu nome permanecia o tempo todo na imprensa. No documento acima citado, Peter Bell relata que os participantes do seminário internacional de ciência política, uma vez informados do local onde eu me encontrava, alugaram um ônibus e foram até lá; não conseguiram avistar-se comigo, mas conseguiram me ver, certificando-se de que estava vivo. Só quem conseguiu falar comigo foi Mário Brockman Machado, à época um pós-graduando em Minas, que era advogado e tinha em mãos sua carteira de identificação da OAB.

Finalmente liberado por meio de um habeas-corpus impetrado junto ao STM (Supremo Tribunal Militar), consegui retornar aos Estados Unidos, mas adianto-lhes que esse foi o episódio inicial de minha trajetória como um "perigoso comunista", não obstante o teor convictamente liberal de tudo o que escrevi em livros e pela imprensa, antes e depois daquele período atrás das grades.

ANGOLA, O PIOR HORROR QUE CHEGUEI A VER

Em 1996, o presidente Fernando Henrique Cardoso convidou-me a integrar a delegação que viajaria à África do Sul e a Angola. A África do Sul eu já conhecia; lá estivera várias vezes.

Em Angola, que vivia ainda uma encarniçada guerra civil, um destacamento das Forças Armadas brasileiras sediado na cidade de Cuíto, no leste do país, guardava a linha divisória entre os beligerantes: as tropas de José Eduardo dos Santos e as de Jonas Savinbi. Sentadas, ambas, em diamantes e amplas reservas de petróleo, não tinham dificuldade em adquirir grandes quantidades de armas.

Meu primeiro espanto aconteceu ainda dentro do avião, antes mesmo de iniciar a descida. Assim que se aproximou da capital, todo mundo se levantou e começou a se borrifar com um spray antimalária. Um claro sinal do que nos esperava. No primeiro dia, em Luanda, nos hospedamos no melhor hotel da cidade, quero dizer, no único que ainda funcionava. Um prédio de uns vinte andares, servidos por um único elevador, o de serviço. Nos andares mais altos, quem fosse descer tinha de entrar na fila pelo menos uma hora antes. Água da pia, nem pensar. Só mineral.

No dia seguinte, rumando de automóvel para Cuíto, a primeira coisa que me chamou a atenção foi, sob uma mangueira, um tanque enterrado até a metade. Sentado ao lado do Ministro do Exército, Zenildo Zoroastro de Lucena, fui olhando para os lados. Bonito e emocionante era o espetáculo de milhares de crianças nos saudando com pequenas bandeiras brasileiras. No mais, só o que víamos eram destroços de aviões e dezenas de casas perfuradas por tiros de fuzil. Notando meu espanto, o general Zenildo disse--me: "O pior, Bolívar, é que um tiro desses vara as duas paredes da casa e às vezes até atinge a casa seguinte. Os moradores têm que se deitar no chão e permanecer imóveis até o fim dos ataques". Penso ter visto muita tristeza nos olhos do ministro à medida que me dava tais explicações.

Chegar a Cuíto foi um choque de que nunca me esquecerei. A cidade, com sua arquitetura portuguesa, colorida em tons suaves de verde e amarelo, deve ter sido muito bonita no passado. Naquela época, era só escombros. Bem no centro da cidade, um grande edifício quadrangular, de uns quatro andares, outrora utilizado para moagem de trigo, fora varado em diversos pontos por tiros de canhão.

Conter o choro no encontro com os soldados brasileiros foi, para mim, quase impossível. Subitamente, senti o contraste entre o terrores que vinha presenciando e o semblante composto daqueles jovens, todos, salvo melhor juízo, na faixa de 20 a 22 anos. Num alto tablado montado para a delegação e para a saudação do presidente da República, sentimos todos um nó na garganta ao som do Hino Nacional.

Afastei-me por alguns minutos da comitiva para dar uma olhada em volta. Devo ter andado uns trezentos metros, numa estradinha de terra, tentando trocar algumas palavras com as crianças que ia encontrando. Muitas delas, talvez a maioria, sem um braço ou uma perna, efeito das minas que ambos os lados implantavam por toda parte.

Pelas quatro e meia da tarde, veio o aviso. Embarque imediato para a decolagem, uma vez que, a partir de cinco horas, nenhuma aeronave estaria a salvo de disparos de canhão ou de foguetes.

CONVERSANDO COM A INFORMÁTICA

Como tantas pessoas de minha geração, mantive durante muito tempo uma relação assaz cerimoniosa com o computador. Era quase totalmente impermeável à infinidade de ensinamentos que a máquina gentilmente se dispunha a me proporcionar.

Anos atrás, creio que foi em 2002, enquanto me esfalfava para entender a arte da "navegação", outro objetivo levou-me a mudar de rumo. Por razões familiares, tornei-me um aprendiz de genealogista, mal imaginando quão revolto era o mar no qual me iria aventurar.

Imaginei descobrir a origem última, presumivelmente francesa, das famílias Lamounier, e contar como elas vieram parar no Brasil. Quanto eu saiba, os únicos elos conhecidos com nossos antepassados europeus são Antonio Afonso e seu pai Manoel Afonso, ambos nascidos em Lisboa. Antonio Afonso veio para o Brasil em meados do século 18. Começando neste ponto e desconhecendo pesquisas genealógicas, imaginei que a tarefa seria relativamente simples. Bastaria subir o rio, digamos assim, até localizar a nascente. Examinar os registros familiares de Antonio Afonso, depois os de seu pai Manoel, e continuar subindo até identificar a origem do sobrenome.

Mas logo constatei que os possíveis caminhos para a nascente estavam perdidos para sempre, eliminados que foram pelo maremoto seguido de tsunami que atingiu Lisboa em 1755, e pelo incêndio que em seguida destruiu toda a parte baixa da cidade, inclusive as igrejas, únicos repositórios dos registros de nascimento, casamento e óbito naquela época, não só em Portugal mas em toda a Europa.

Impossibilitado de obter os documentos cartoriais que me permitiriam traçar a origem da família, decidi perscrutar o passado em busca das origens do próprio sobrenome Lamounier, ou seja, de ancestrais etimológicos imaginários. Por esse caminho fui levado a refletir sobre a formação dos nomes de família e sua relação com o fluxo histórico mais amplo. E percebi como a formação dos nomes acompanha a dos idiomas, em processo inseparável da história social. Dou um exemplo. Sendo tal sobrenome presumivelmente francês, logo atinei com *le mounier*, variante regional de *le meunier*, que significa moleiro. Resolvi então descobrir tudo o que pudesse sobre moleiros e moinhos. E fiz o mesmo com le monier (moedeiro, ou seja, *batteur de monaie*).

Pois vejam só o paradoxo. Eu que havia fugido da internet subitamente me dei conta de que ela seria a minha salvação. Estruturei então um livro, que viria a ser *Conversa em Família: Moinho, Esmola, Moeda, Limão*, publicado em 2004, cuja primeira parte — !"ancestrais imaginários" –"imitaria" a internet, partindo de uma palavra e pulando de um assunto a outro, explorando tudo o que a ela dissesse respeito. Na segunda parte, pude basear-me em fatos, discorrendo sobre personagens reais da família, desde o século 18.

Assim, planejado como um singelo exercício de genealogia, o livro converteu-se numa extensa pesquisa histórica e etimológica, mas com cara de internet, sem a rigorosa ordem lógica ou cronológica que baliza o trabalho de todo bom historiador. Aprendi muito e me diverti imensamente, mas o livro não cativou o público, e suponho que a razão disso foi ele não ser tão ignorante em informática como eu era naquela época.

OUTROS ESCRITOS: MÚSICA, CINEMA E FUTEBOL

JUSCELINO KUBITSCHEK E AS MODINHAS MINEIRAS

No ano 300 a. C, o chinês Meng-Tzu escreveu que não pode haver muito de errado num reino cujo rei adora a música. De início, não sabia se tal personagem realmente existira, mas dispus-me a concordar com ele mesmo nutrindo essa dúvida. Acabei descobrindo que existiu mesmo e foi um pregador confucianista de grande prestígio. Aí, não tive mais dúvidas: concordo com ele em gênero, número e grau.

Penso estar aí a grande diferença entre Juscelino Kubitschek e a maioria dos presidentes que temos tido. Juscelino tinha paixão pelas cidades históricas de Minas Gerais. Encontrava-se com frequência com os grupos de seresteiros de Diamantina, sua cidade natal, e, mais importante, sabia cantar várias serestas. Por certo não deve ter lido os ensinamentos de Confúcio, mas teria aceito de bom grado o principal conselho de Meng-Tzu aos governantes: o de que governassem com "magnanimidade", sem oprimir ou intimidar seus súditos.

As serestas mineiras são um dos mais belos veios de nossa música popular. E a mais bela de todas é, para mim, "Flor do Céu", letra de Teodomiro Alves Pereira e música de Modesto Augusto Ferreira, que não eram filhos de Diamantina, mas da quase vizinha Montes Claros. São versos lindíssimos, apoiados numa melodia não menos bela. Lembrei-me dela ao encontrar no Utube uma gravação em que o próprio Juscelino a interpreta. Uma pena ele — !como muitos outros cantores — !cometer um erro básico no enunciado do poema. Ele diz "...neste trino de amor, nesta canção". Errado. Não se trata de trino, que é trinado ou piado de passarinho. Trata-se de "treno", termo que designa uma canção muito triste:

"É a ti flor do céu que me refiro / neste treno de amor, nesta canção..."

Mas que Juscelino foi um grande presidente, isso foi. Sempre carregará nas costas a crítica de que, para construir Brasília, produziu muita inflação. É verdade, mas o objetivo desta minha crônica é ressaltar a "magnanimidade" confucionista de sua visão da política, levada à prática em seu governo (1955-1960). Café Filho, o vice que assumiu a presidência após o suicídio de Getúlio Vargas, tentou impedir-lhe a posse. Não conseguiu, como todos nos lembramos, porque o Marechal Lott desfechou o chamado "golpe da legalidade", assegurando o que as urnas haviam determinado. Depois, em duas ocasiões, oficiais da Aeronáutica amotinados em Aragarças e Jacareacanga tentaram derrubá-lo. Juscelino os anistiou imediatamente. Naquela década dificílima, durante a qual o Brasil, como quase todo o mundo, esteve dividido pela "guerra fria" entre EUA e URSS, Juscelino exerceu o poder presidencial consciente de que sua missão como governante seria evitar a radicalização do país. E conseguiu, enquanto esteve na presidência.

EM TEMPO. Este texto já estava pronto quando tomei conhecimento de uma maravilhosa foto clicada em 1971 por Juvenal Pereira: um grupo de pessoas sentado nas escadarias do Seminário de Diamantina. O Brasil vivia os famigerados "anos de chumbo", mas o grupo exalava serenidade, descontração e luz. Ao centro, elegante como sempre, trajando um terno escuro e gravata, o ex-presidente Juscelino Kubitschek, àquela altura tido como um inimigo pelo regime vigente. A seu lado, dedilhando um violão, ninguém menos que o jovem Milton Nascimento.

AGUSTIN BARRIOS MANGORÉ: SEIS RAIOS DE PRATA

O paraguaio Agustín Barrios foi um dos gênios do violão clássico na primeira metade do século 20. Tanto que, com o tempo, o Paraguai ficou pequeno para ele. A certa altura, ansioso para expor sua arte e precisando desesperadamente de dinheiro, ele foi para Buenos Aires. Fez muitas gravações em 78 rpm, a técnica fonográfica disponível nos anos 30. Mas Barrios, por mais que sua fama aumentasse, dinheiro que é bom, não ganhava nada. Tinha um amigo fazendeiro no Uruguai que de tempos em tempos o convidava a passar algumas semanas lá.

Resolveu então sair viajando, dando recitais em cada localidade onde parasse. Durante o dia, um amigo o anunciava, à noite ele tocava no teatro local, ou na casa paroquial — !onde conseguisse. O amigo se encarregava de cobrar os ingressos. Em 1925, ele decidiu viajar pelo Brasil, mas rebentou a guerra civil no Rio Grande do Sul e ele teve que desistir. Em certa época, tive muita vontade de fazer um filme sobre esse episódio, mas esbarrei em dois obstáculos: não tinha dinheiro e não entendo nada de cinema.

Em Buenos Aires, mais para o final dos 30, Barrios conheceu o espanhol Andrés Segóvia, o Deus (ou Pelé, como queiram) do violão, que viera para uma série de recitais. Pelo que se sabe, àquela altura Barrios era tão bom violonista quanto Segovia, mas tinha sobre ele a vantagem de ser um magnífico compositor, coisa que Segovia nunca foi. John Williams, tido como um dos melhores violonistas da atualidade, chegou a escrever que considerava Barrios o melhor compositor específico para o instrumento. Eu não seria tão afirmativo. Para mim ele é um dos três maiores, ao lado do nosso Villa-Lobos e do cubano Leo Brouwer; ou talvez entre os quatro maiores, se incluirmos o marroquino-francês Roland Dyens, falecido aos 51 anos, que foi um maravilhoso arranjador e intérprete, e também compositor.

Embora tivesse passado muitos anos no Brasil e inclusive dado um recital no Teatro Municipal de São Paulo, até os anos 50 quase ninguém entre nós ouvira falar dele. Se não o conhecíamos aqui, é fácil imaginar quão ignorado ele era em países mais distantes. Esta introdução é para dizer que, hoje, em qualquer parte do mundo, todo violonista que se preze, que dê recitais e grave CDs, inclui Barrios em seu repertório.

Atualmente, existem centenas de gravações de sua obra, inclusive muitos CDs dedicados exclusivamente a ela. A floração de violonistas que está surgindo na Ásia — !notadamente na China e no Japão — !conhece-o de cor e salteado. Intérpretes de primeira linha, como a paraguaia Berta Rojas e o "maestro" sueco Göran Söllcher deram-lhe a atenção que Andrés Segovia lhe negou.

Mas o fato, voltando a Buenos Aires e a Segovia, é que o então jovem "lorde" espanhol deu-lhe uma senhora esnobada. Prometeu ajudá-lo e nunca moveu uma palha. Na pobreza de sempre, Barrios decide ir para a Europa. Vai parar em Berlim, onde permanece uns poucos meses e é novamente forçado a retornar, dessa vez por causa da eclosão da Primeira Guerra mundial.

De volta, ele retoma a ideia de uma tournée pelo Brasil e pelos demais países da América Latina. Sempre ganhando só o suficiente para viver, veio dando recitais pelo caminho, batendo de porta em porta, parando em várias cidades, inclusive, como mencionei, em São Paulo. Radicou-se no Rio por algum tempo — !não sei ao certo por quanto tempo–e lá se casou com a mulher que lhe prestava serviços domésticos, que seria a sua companheira pelo resto da vida.

Mas o melhor eu ainda não contei. Do Rio, Barrios foi para o Nordeste. Um dia, ele decidiu acrescentar Mangoré a seu sobrenome. Essa parte da história é contada em detalhes por Richard D. Stover, o principal conhecedor acadêmico da obra de Barrios, em seu livro Seis Raios de Prata, publicado em vários idiomas. Agustín Barrios descendia dos Mangoré, um grupo indígena do Paraguai. Na Bahia, na antevéspera de um recital, ele teve (ou disse que teve) uma visão. A deusa padroeira dos Mangoré lhe aparecera em sonho, descendo do céu entre 6 fios de prata (as cordas do violão, óbvio), e prometeu protegê-lo e zelar por sua carreira, com a condição de que ele se identificasse efetivamente com seu povo.

Foi assim que, já em Salvador, em vez do tradicional smoking ou pelo menos do terno e gravata de que os violonistas nunca abriam mão, Barrios calmamente caminhou semi-nu para o centro do palco, vestido de índio, com penas de pássaros enfiadas no cabelo e o peito pintado de listas coloridas. E continuou a se apresentar dessa forma, segundo me consta, pelo resto da vida.

Na Venezuela, foi um sucesso estrondoso. Só faltaram canonizá-lo. Em El Salvador, onde veio a falecer em 1944, erigiram em lugar público um busto em sua homenagem. O já citado Stover afirma, parece-me que com razão, que Barrios foi não só o primeiro violonista, mas o primeiro artista latino-americano a se tornar realmente "pan-americano", ou seja, o primeiro a se exibir em todo o hemisfério.

Muitas de suas composições envelheceram, sem dúvida. Nasceram impregnadas do romantismo que dominava o repertório do violão naquela época; todo recitalista sentia-se obrigado a tocar alguma coisa de Chopin, Schubert e Cia. Mas, sem sombra de dúvida, ele fez companhia a Villa-Lobos, escrevendo especificamente para o instrumento. Contribuiu para libertar as "seis cordas de prata" das transcrições quase sempre insípidas de obras originalmente concebidas para piano.

A MÚSICA POPULAR BRASILEIRA NUMA VISÃO DE PÁSSARO

Remontando ao fim do século 19, não há quem não se impressione com a riqueza da música popular brasileira. Criamos vários gêneros e soubemos aproveitar muito do que outros países tinham para nos oferecer.

Mesmo no período imperial, quando nos faltava originalidade e nossas modinhas eram claramente imitativas, fomos aos poucos achando um jeito de abrasileirá-las. Em termos de criação autóctone, penso que o primeiro grande momento foi o início do século 20. Ali surgiu a inspiração ao mesmo tempo iconoclasta e altamente poética de Chiquinha Gonzaga ("Oh, lua branca, por quem és, tem dó de mim"!) e o superlativo, insuperável, Pixinguinha. Nosso público conhece "Rosa", "Carinhoso" e muitas outras de cor e salteado, mas abro aqui um parêntesis para um registro que considero valioso. Anos atrás o franco-marroquino Roland Dyens, um dos maiores violonistas e com certeza o maior arranjador de música para violão dos últimos tempos dedicou um CD inteiro ("Naqueles tempos") a Pixinguinha. Foi assim que a música daquele grande mestre chegou à comunidade violonística de todo o mundo. Apaixonado pela música brasileira, Dyens infelizmente veio a falecer precocemente, creio que aos 52 anos.

Quando nos referimos ao início do século, é imperativo lembrar que foi naquela época que o samba saiu da quase clandestinidade em que era forçado a se esconder e ganhou o primeiro plano, junto com o chorinho, e ambos, logo depois, na companhia também nobre das marchinhas de carnaval.

É certo que, depois de Chiquinha e Pixinguinha, tivemos muitas imitações de má qualidade, geralmente de teor melodramático, como as divulgadas por Vicente Celestino. Eu por certo não incluiria "O Ébrio" no riacho musical que se diversificou e ganhou volume ao longo do tempo. Mas a riqueza dos anos trinta ainda está para ser contada. O aparecimento do rádio deu grande projeção a cantores de voz potente, como Silvio Caldas e Orlando Silva, este com uma presença marcante tanto no gênero seresta como no samba e nas músicas de carnaval.

E aí, claro, chegamos a um dos maiores, senão ao maior nome dessa bela história: Noel Rosa. Noel Rosa, o lendário cantor da Vila Isabel, de uma Vila Isabel que infelizmente não existe mais, mas que em seu tempo se confundia praticamente com sua figura. Nascido em 1910, Noel morreu precocemente, aos 26 anos. É, sem dúvida, uma referência fundamental na história do samba. No legado que nos deixou, incluem-se mais de cem composições excepcionalmente inspiradas como Feitiço da Vila", "Meu último desejo", "Conversa de Botequim", "Silêncio de um minuto" e outras.

Como antes assinalei, soubemos tomar em-

às culminâncias a beleza dos trabalhos de Tom Jobim e Vinícius de Morais. Sugeri 1970 como o fim do ciclo da bossa nova, mas não me parece que o fim tenha chegado com a mesma clareza do começo. Voltarei a este ponto noutro texto.

prestado o canto e a forma de tocar de vários países. O bolero, por exemplo, sempre se fez presente nos salões de dança, mas destacou-se também por uma série de melodias imortalizadas por gigantes como Lucho Gatica e, na atualidade, por essa maravilhosa Guadalupe Pineda.

Do tango argentino, fomos mais consumidores que produtores, mas alguns se firmaram, graças principalmente ao trabalho de Nelson Gonçalves e de seus principais colaboradores, Herivelto Martins e Adelino Moreira. "Hoje quem paga sou eu", por exemplo, cabe perfeitamente no rol dos melhores tangos argentinos, o mesmo podendo-se dizer de "Carlos Gardel", composição de David Nasser.

Recapitulando, os anos trinta não foram um vazio, e para comprovar isso basta lembrar Noel Rosa. Tivemos nesse período vários cantores e muitas composições de grande valor, que resistiram em certa medida, mas não tinham como sobreviver intactas à chegada triunfal da bossa nova.

Mas o auge, o momento de maior destaque foi, a meu juízo, o período de 1957-1970, fase genericamente designada como a da bossa nova, que se distinguiu por uma cornucópia de belíssimas melodias, mas também por uma forma característica de harmonização, exemplificada sobretudo por João Gilberto, principal difusor do acompanhamento baseado em acordes compactos. Sugeri o ano de 1957 porque vejo como marco inicial o disco "Canção do Amor Demais", no qual Elizeth Cardoso eleva

UM APARTHEID NA MÚSICA POPULAR?

Apesar da evidente decadência das últimas três ou quatro décadas, penso que nós, brasileiros, nos destacamos como um dos povos mais apaixonados por música na face da terra. Pela música popular, bem entendido; a música erudita nunca teve um número significativo de compositores, uma audiência apaixonada e muito menos um número suficiente de boas salas de concerto.

Contudo, mesmo na música popular, observo que mesmo os mais aficionados nem sempre prestam atenção no que acontece atrás ou ao lado do cantor ou dos cantores. Refiro-me aos instrumentistas, os produtores quase anônimos de maravilhas. A audiência se deixa envolver — !e como não se deixar? — !pela musicalidade e pela prodigiosa técnica daqueles percussionistas, violonistas, bandolinistas, clarinetistas e outros que parecem ter descido do céu, mas poucos os conhecem pelos nomes. Claro, há exceções superlativas. Na segunda metade do século 20, lembro Herondino, o lendário Dino 7 Cordas, Jacob do Bandolim, Deon Rian, Waldir Azevedo e outros cuja arte se impõe mesmo a ouvintes passivos, mas esse conjunto de que falamos como instrumentistas é muito maior.

Dois pontos parecem-me merecer destaque. Décadas atrás, havia uma nítida superioridade do Rio de

Janeiro sobre São Paulo. Havia até uma brincadeira bem conhecida, a de que São Paulo era o "cemitério do samba". Atualmente — !que me corrijam os especialistas –, tal desnível não me parece mais existir. O segundo ponto é mais importante. Até onde minha vista alcança, a maioria dessa gente é autodidata. Ou "grupo-didata", pois muitos aprendem e se desenvolvem observando o grupo a que pretendem se dedicar. Mas entre as duas grandes capitais — !Rio e São Paulo — !e o resto do país, há desníveis perceptíveis. Não em relação à Bahia, pois os baianos cultivaram tanto as formas típicas do Rio e de São Paulo como várias outras, assentadas sobre a "baianidade". Minas teve uma exuberante produção no período barroco, mas não se compara aos polos mais desenvolvidos no que toca à música popular do segundo após-guerra.

Os desníveis ou diferenças a que me refiro transparecem com muito maior nitidez entre Rio, São Paulo e Bahia, de um lado, e o resto do Brasil, do outro. E chega a ser chocante quando comparamos aqueles três com os municípios menores. Ataulfo Alves, nascido na pequena Miraí (MG), foi uma fantástica exceção, diria mesmo um milagre.

Esse, para mim, é o fundo do poço. Ainda hoje, com todos os órgãos públicos e verbas supostamente dedicados à "cultura", há uma separação, uma cruel linha divisória, entre as grandes metrópoles e os pequenos municípios do interior, reflexo direto e indireto das desigualdades sociais e culturais de nosso país. Essa linha de Tordesilhas nós estamos, ao que tudo indica, ainda muito longe de derrubar. Esta constatação leva-nos a ver as coisas por outro prisma. Já mencionei o predomínio do autodidatismo. Mas a verdade é que, em termos absolutos, o número de instrumentistas que fazem nossa alegria não é assim tão grande. Os Estados Unidos têm dez milhões de músicos sindicalizados. O leitor leu certo, mas vou repetir: dez milhões de músicos sindicalizados. Nem todos instrumentistas, óbvio, mas é fácil imaginar que chegam a milhões, e que centenas de milhares passaram por escolas. Esta simples comparação mostra que, permeando os múltiplos veios de alegria de que desfrutamos, uma enorme distância e um poderoso veio de atraso permanecem.

CLÁSSICOS EM VIDA

Quantos terão sido, na história da música, os gênios que chegaram a ser vistos como "clássicos" ainda em vida? Quantos, não sei, mas tenho uma certeza: Mozart e os Beatles estão entre eles. Como também estão Villa-Lobos e Astor Piazzola. Mas, hoje, é sobre Mozart e os Beatles que quero falar.

Nascido em 1756 e falecido em 1791, Mozart despontou como um prodígio na mais tenra infância e amadureceu para tornar-se um gigante da história da música. Isto ninguém ignora. Compôs centenas de peças em todos os gêneros, incluindo 41 sinfonias e várias das mais famosas óperas, como Don Giovani e Bodas de Fígaro. Ele já estaria entre os maiores se tivesse composto só a missa de Requiem.

O cinema valeu-se abundantemente de suas composições, um exemplo digno de destaque sendo *Out of Africa* (com Robert Redford e Meryl Streep), que tem o *Concerto para Clarineta em Lá Maior* como parte da trilha sonora, e o próprio *Amadeus*, dirigido por Milos Forman, que conta sua vida através de uma genial contraposição do jovem gênio com o mediano Antonio Salieri.

Creio que a maioria do público que assistiu Amadeus provavelmente se incomodou com o risinho estridente do personagem, sem dúvida desagradável. Penso que Milos Forman pecou por excesso de fidelidade à verdade biográfica, porque Mozart parece ter de fato padecido de algum tipo de infantilidade histérica, que o fazia rir daquele jeito.

Mas, enfim, falar sobre a genialidade de Mozart é chover no molhado. E, em dúvida, muitos outros, antes e depois dele, caberiam num relato mais amplo, mas esse não é o meu objetivo. Meu propósito é ressaltar um ponto nem sempre lembrado. Os Beatles também tornaram-se "clássicos" quando ainda se encontravam em atividade. Atualmente, suas canções são tocadas por várias das melhores orquestras sinfônicas do mundo e arranjadas para todos os instrumentos. São clássicos, desde logo, pela qualidade e pelo caráter inovador de suas composições, mas não há como subestimar o impacto que exerceram na cultura e nos costumes a partir daquela época. Enquanto Mary Quant encurtava as saias, eles quebravam a sisudez antes predominante na música popular do mundo inteiro. Cada fã deles se amarra numa de suas peças, ou talvez não, muitos haverá que não conseguem destacar uma delas no conjunto. Eu quase pertenço a esta categoria, mas no fim não resisto e faço duas escolhas: "Here, there and everywhere" e "A day in the life", esta última parecendo-me absolutamente revolucionária.

Clássicos na música e revolucionários na cultura: haverá algum paralelo, algum fenômeno contemporâneo que se possa comparar aos quatro rapazes de Liverpool? Penso que não, mas volta e meia vem-me à mente o grupo cubano Buena Vista Social Clube. Foi só agora, nas últimas duas ou três décadas, que chegaram ao nosso conhecimento (ao meu, pelo menos). E com uma circunstância marcante: a idade. Ibrahim Ferrer, Compay Segundo, Eliades Ochoa, Omara Portuondo (a diva do grupo) e o genial pianista Rubem Gonzales chegaram até nós já idosos, na casa dos 70 ou 80.

O Buena Vista foi brilhantíssimo, mas seria um enorme exagero atribuir-lhe uma influência na música, na harmonia e no modo de cantar comparável à dos Beatles. O que os distingue, no meu entender, é terem levado às culminâncias a alegria e o ritmo cubanos. Sua musicalidade é impressionante. Essa constatação suscita uma pergunta. Se eles tivessem passado a juventude num país rico e livre, como a Inglaterra, em vez da Cuba dos irmãos Castro, não poderiam ter ido mais longe, quem sabe muito mais longe? Sei que esta pergunta jamais será respondida, mas não resisto a deixá-la aqui, como fecho para esta crônica.

DUAS LETRAS, TRÊS GRANDES DIVAS

Esta é uma das coincidências mais notáveis da música popular contemporânea: três das maiores cantoras, deste nosso hemisfério têm as letras E e L em seus nomes. Lógico, falo de Elizeth Cardoso, Elis Regina e Ella Fitzgerald.

Mas é aqui, logo de saída, que o bicho pega. Qual das três é a maior? Ella Fitzgerald, a rainha da bossa americana, do jazz e de todos aqueles outros gêneros, com aquela voz maravilhosamente educada e emitida como uma pétala de flor? Elis Regina, precocemente falecida, com a forte marca que deixou na MPB? Ou Elizeth Cardoso, com seu canto poderoso e vibrante, não por acaso portando desde cedo o apelido de "Divina"?

Atrevo-me a dizer que, das três, Ella Fitzgerald é a que menos me agrada. Me agrada menos não obstante as virtudes superlativas que a consagraram. Voz afinadíssima, mas aveludada, macia demais para a minha tosca apreciação. Caio de quatro sempre que ouço "Bewitched, bothered and bewildered", mas não morro de amores por todo o repertório, como também não morro pelo do Frank Sinatra. Explico-me: sei que os americanos são monstros em música, em arranjos, em harmonização, mas as canções populares têm altos e baixos. Veja-se o caso do Frank Sinatra: "All the way" e "My funny Valentine" são para ouvir a bordo de um tapete mágico, mas não me entusiasmo com "Take me to the moon" e menos ainda com "New York, New York". Prefiro mil vezes as duas primeiras. Assim como gosto mil vezes mais, no caso da Ella Fitzgerald, de "Betwitched, bothered and bewildered". Algumas há que me soam chatas.

E Elizeth Cardoso, a Divina? Aqui peço licença para contar um episódio obrigatório em minha vida. Décadas atrás, quando morava em Belo Horizonte, uma de minhas irmãs casou-se e me pediu para tomar conta do apartamento onde iria morar na volta da lua de mel. No bairro Santo Antônio. Tudo cheirava a novo; cheirava não, tudo era de fato novo, várias caixas nem tinham sido abertas. O "toca-discos" (ou "eletrola", não me lembro bem como se dizia na época) nem estava ligado. Junto dele, uns 15 ou 20 discos, igualmente empacotados. Comecei a revirá-los como quem revira cascalho, mais eis que do cascalho sobressai um reluzente diamante. Sim senhores, um diamante. O long-play que, para mim, divide nossa música em duas épocas, antes e depois. Óbvio que estou me referindo ao "Canção do amor demais", no qual Elizeth, com sua voz abundante e bela, fazia justiça às não menos deslumbrantes canções de Antônio Carlos Jobim e Vinícius de Morais. Se um dia me exilarem numa ilha deserta, meu último pedido será levar esse disco (OK, não sejamos patrioteiros: levaria também a coletânea de tangos gravada por Daniel Baremboim). E Noel Rosa? Quem melhor que Elizeth o consagrou para a eternidade? Ouçam, por exemplo, "Feitiço da Vila": o doce vozeirão dela acompanhado por outro dos nossos mágicos, Jacob do Bandolim.

Minha percepção da Elis Regina é bem diferente. No início — !sou obrigado a confessar -, o jeito dela causava-me certa antipatia. Era como se, em vez de uma cantora próxima da perfeição, eu estivesse ouvindo uma professora de canto, querendo atingir uma afinação superior às teclas do piano. Com o tempo — !sim, temos que nos lembrar do tempo, o regente de nossas vidas -, fui me acostumando. Mas levei um bom tempo a tirar um CD dela da estante e pô-lo no "toca-discos" com minhas próprias mãos. Aprendi a gostar, depois a gostar muito e a quase me maravilhar, mas para mim a distância em relação a Elizeth permanecia sideral. Senti que a distância se estreitava quando ela gravou "São dois prá lá, dois prá cá", do Aldyr Blanc, mas impliquei com jeito chorado da última sentença. Sim, sou chato nessas coisas. Alguém deveria ter dito a ela que aquele choro não era compatível com a voz e a educação artística que ela trouxera para a nossa música. Mas, como diria o Barão de Itararé, tudo o que começa bem acaba melhor ainda. Se Elizeth marcou o nosso primeiro divisor de águas, por que não haveria Elis de marcar o segundo? Não houve jeito, aí me rendi à evidência. "Águas de março", obra de Tom Jobim, e ainda mais no magnífico arranjo de César Camargo Mariano, ocupa um lugar incomparável entre nossas canções populares. Penso perceberíamos isso qualquer que fosse a intérprete, mas com Elis Regina creio que não há o que discutir. Elis e o próprio Tom, cuja voz não era exatamente celestial, mas ficou celestial ao se entrelaçar com a dela. E aí, caro leitor, de quem gosto mais, Elizeth ou Elis Regina? Se conseguiu adivinhar, parabéns. Eu até hoje não sei.

ORLANDO, SILVIO E NELSON

Pois bem, tendo falado sobre as três cantoras que me encantam, quem seriam os três cantores? Ocorre-me traçar os perfis de Orlando Silva, Silvio Caldas e Nelson Gonçalves. Nesse caso, admito que a coisa é mais complicada. Não vejo como afirmar que esses três tenham sido "os" maiores, pois afinal houve João Gilberto, para ficar só num exemplo. Nesse caso, o gênero musical marca uma diferença importante. Assim, direi apenas que Orlando, Silvio e Nelson incluem-se entre os nossos maiores cantores populares, evitando a forma taxativa que empreguei no caso das três mulheres, aquelas três que tinham as letras E e L nos nomes.

Adianto-lhes que, entre os três, meu preferido é Orlando Silva. Voz, afinação, ritmo, tudo extraordinário. Se fosse mais recente e tivesse formado um repertório mais moderno, apareceria com destaque entre os melhores cantores internacionais. Graças à notável extensão de sua voz, atingia sem esforço, de forma aveludada, sem gritar, agudos e graves bem difíceis. Eternizou-se por suas imbatíveis interpretações de clássicos de Pixinguinha, como "Rosa" e "Carinhoso", mas gravou canções apenas medianas, como "Maringá" (Joubert de Carvalho") e "Malandrinha" (Freire Júnior). O problema com sua carreira — !mais grave no caso de Nelson Gonçalves -, é que foi levado a gravar uma quantidade enorme de músicas de pouco valor, entre as quais várias de muito mal gosto.

Dos três, parece-me que Silvio Caldas foi o que melhor resistiu à passagem do tempo, em particular ao advento da bossa-nova, que por pouco não soterrou a parte mais tradicional da música brasileira, entre as quais é preciso incluir valsas, sambas-canção do gênero dor-de-cotovelo e, em particular, belíssimas serestas. Caberia aqui, mas me tomaria muito espaço, uma digressão sobre o veio mais acentuadamente popular, que inclui todas as variedades do samba, as marchinhas de carnaval e assemelháveis. Mas, claro, não há como esquecer que Silvio Caldas foi não apenas o intérprete, mas o compositor, em parceria com Orestes Barbosa, da maravilhosa "Chão de Estrelas", e deixou gravações quiçá insuperáveis de "A Deusa de Minha Rua" e "Cabelos Brancos".

Traçar o perfil de Nelson Gonçalves não é tarefa para qualquer um. Se fosse prudente, não a assumiria. Dois pontos de partida parecem-me indiscutíveis. Primeiro, sua voz: poderosa e belíssima. Segundo, creio que nenhum outro cantor tem uma obra tão nitidamente separada em duas metades por uma linha divisória. Refiro-me, naturalmente, à "Volta do Boêmio". É um perfeito samba "abolerado", pendendo, de um lado, para o que há de melhor no samba-canção brasileiro e, do outro, para o gênero brega, em parte importado do bolero latino-americano e em parte made in Brazil. Sim, pende para o brega, mas é apreciado por muita gente que odeia essa vertente de nossa música. Ao lado e acima da "Volta do Boêmio", há muita coisa. Acima, um bom exemplo é a canção "Viagem" (de Agenor Martins e Paulo Sérgio Pinheiro), que no início nos faz tremer um pouco, temendo o brega, mas da qual Nelson consegue extrair muita beleza.

Acima daquela linha divisória — !A Volta do Boêmio -, eu situaria a coleção de tangos, alguns brasileiros, mas todos tipicamente argentinos, que ele interpretou com notável maestria. O melhor exemplo talvez seja "Hoje quem paga sou eu", fruto de sua longa parceria com Herivelton Martins. Creio mesmo que foi só na voz de Nelson Gonçalves que o argentino de sabor legitimamente argentino se firmou entre nós. Mas, ao lembrar os tangos, já começo a pisar em terreno escorregadio, nas ambiguidades e em certa debilidade na educação artística desse grande cantor. "Carlos Gardel", composição de David Nasser, é um claro exemplo. Começa muito bem, mas, a certa altura, há um trecho para ser declamado, e aí o desastre é completo. Nelson não sabia declamar. Pergunto-me por que ninguém lhe sugeriu: "vamos gravar de novo?"

A ambiguidade entre a beleza do samba-canção e o brega levado a um extremo difícil de aguentar transparece, como direi, até com certa violência, em "Meu vício é você" (Adelino Moreira). A melodia é linda e o acompanhamento, comandado pelo Herondino (Dino 7 Cordas) é deslumbrante. Mas a letra, Deus meu, transpõe a linha do absurdo, mergulhando de cabeça nas águas turvas dos bordéis, da mulher que recebe imensos benefícios, mas trai o marido e acaba na sarjeta. Sorte nossa que o sambão, o samba-canção, o samba dor-de-cotovelo sobreviveram impávidos e colossos na inspiração de Cartola e Nelson Cavaquinho, para ficarmos só nestes dois.

Concluo contando um episódio em que estive presente. Em Belo Horizonte, nas noites de sábado, um dos programas preferidos pela juventude era o oferecido pelo Minas Tênis Clube–um show seguido de dança. Os artistas convidados para o show eram principalmente do Rio, e foi lá que vim a presenciar de perto todos os grandes nomes da bossa nova. Certo sábado, a direção do MTC comunicou que daquela vez seria o Nelson Gonçalves. Causou um mal-estar considerável. Muito muxoxo e muita gente espalhando que iria só para vaiar. Por isso mesmo, acho que nunca vi o salão tão cheio, tanto na parte de cima, de onde se tinha uma visão melhor dos artistas como na de baixo, onde havia mesas e o espaço central para os dançarinos, que entrariam em cena depois do show. Casa cheia. Quando Nelson e seus músicos se dirigiram ao tablado, a esperada vaia eclodiu forte. Nelson não tomou conhecimento. Sua turma começou a tocar e ele contra-atacou com a "Volta do boêmio". Em três ou quatro minutos a situação se inverteu por completo. Aplausos.

WAGNER VERSUS MAHLER

Anos atrás, li na coluna do saudoso jornalista Fernando Pedreira a opinião de que a música de Mahler seria superior à de Wagner. Tal afirmação soou-me como um absurdo, um total disparate. Escusado dizer que minha reação brotou de impressões superficiais, pois naquela época eu era ignorante de pai e mãe a respeito daqueles dois gigantes da música clássica.

Ainda hoje, não me atrevo a entrar no mérito da questão, não por me sentir absolutamente incapaz de apreciar as respectivas composições, mas porque, com o tempo, o antissemitismo de Wagner e de sua mulher criou em mim um horror irremovível. Raramente ouço peças wagnerianas. Muitos leitores dirão que não é certo misturar essas coisas, mas comigo não teve jeito, tomei realmente uma ojeriza insuperável ao wagnerismo. Mahler, ao contrário, descendia de uma família judaica modesta, ligada à hotelaria. De qualquer forma, no pesado clima antissemita de Viena, ele precisou converter-se ao catolicismo para ser nomeado regente. Sua obra chegou a ser banida pelos nazistas.

Com Mahler, como antecipei, minha reação foi oposta à que se apossou de mim em relação a Wagner. É importante lembrar que ele viveu só 51 anos (1860-1911), tendo em vida se consagrado muito mais como regente que como compositor. Extremamente complexa e exigente, sua música só veio a ser plenamente reconhecida a partir de 1960, e mais nos Estados Unidos que na Europa.

Como compositor, ele se dedicou a apenas dois gêneros, a canção (Lied) e a sinfonia. Encantei-me, primeiro, com as obras cantadas, notadamente Lieder eines fahrenden Gesellen (Canções de um viajante solitário, de 1885) e Des Knaben Wunderhorn (A trombeta maravilhosa da juventude) de 1892. A terceira e mais importante, Das Lied von der Erde (Canção da terra) é obra da maturidade, uma de suas últimas.

Lembro-me como se fosse hoje do dia, quando fazia minha pós-graduação em Los Angeles, em que vim a ter em minhas mãos a belíssima gravação de Das Lied von der Erde regida por Leonard Bernstein, luxuosamente encadernada em preto. Eu era frequentador assíduo de uma loja de discos em Westwood Village — !o bairro onde se situa a UCLA (University of California at Los Angeles). Assíduo mas um tanto imbecil, pois minha bolsa de estudos mal dava para comprar os livros de que precisava e eu vivia comprando discos — !é certo que discos baratos, bem vagabundos, de uma coleção chamada Nonsuch, que saíam por menos de um dólar cada um.

Naquele dia, o balconista principal (ou gerente, sei lá), que já me vira na loja diversas vezes, trouxe-me o Mahler e me disse: por que não leva isto aqui, que tem muito mais qualidade? Quanto é, perguntei. Algo como quatro dólares e meio, respondeu-me. Levei. E hoje, meio século depois, volta e meia me surpreendo solfejando este verso: "Dunken ist das Leben / ist der Tod" (Obscura é a vida/ obscura é a morte". Chegando à universidade para o seminário das duas horas, não parava de lamber a cria, quando uma colega sentada ao meu lado me disse: "Também comprei, estou adorando".

Além das canções, Mahler produziu nove sinfonias e deixou o rascunho de uma décima. No mundo cada vez mais telegráfico em que vivemos, o número de aficionados desse gênero parece ter diminuído muito. E não só isso: em muitos casos, um trecho ou movimento a tal ponto se destaca que o conjunto perde sua força. É o caso das bacchianas de Villa-Lobos, submersas sob a extraordinária qualidade melódica da Ária e da Cantilena, que são partes da quinta; ou do Intermezzo, de Mascagni, que praticamente matou o conjunto operístico da Cavalleria Rusticana. Com Mahler, para o bem ou para o mal, aconteceu algo semelhante. O Adagieto, utilizado por Luchino Visconti na trilha sonora de Morte em Veneza, praticamente relegou a segundo plano a 5ª Sinfonia, da qual faz parte.

VILLA-LOBOS, JOBIM E PIAZZOLA: QUAL FOI MAIS REVOLUCIONÁRIO?

Uma instigante indagação atazana os milhões de admiradores da música popular em suas variantes brasileira e argentina. Quem revolucionou mais a música de seu país, os brasileiros Villa-Lobos e Tom Jobim ou o argentino Astor Piazzolla?

A pergunta soa complexa, mas a resposta não me parece envolver grande dificuldade: Astor Piazzola. Não me considero conhecedor da música argentina, por isso antecipo um pedido de desculpas caso esteja errado. Cravo Piazzolla por uma razão bem simples: durante a maior parte do século a música popular argentina, sem embargo de sua alta qualidade, não foi tão diversificada quanto à brasileira.

O gênero dominante sempre foi o tango — !ao qual vou me referir adiante -, se bem que a música folclórica, parte dela designada como pampeana, também deva ser ressaltada. Só a título de exemplo: sou um devoto admirador de compositor,cantor e violonista Eduardo Falú, autor de preciosidades como a canção "La Lopes Pereyra" e de um maravilhoso arranjo para violão de "Nevando está", de Adrian Patino. Mas esse veio, por maior que seja seu valor, não se compara sequer remotamente ao antigo tango, que teve em Carlos Gardel e Eduardo Goyeneche seus maiores expoentes. A presença desse tango "antigo" foi o fator determinante da pouca diferenciação da canção argentina, que, por sua vez, tornou extraordinário o alcance renovador da música de Astor Piazzolla.

Permitam-me inserir aqui uma digressão a fim de melhor embasar meu argumento. O tango está para a Argentina como as velhas serestas e o samba-canção estão para o Brasil. Ele é sentimental e romântico, tanto quanto os dois gêneros brasileiros a que fiz referência. Mas o pano de fundo social e o tecido amoroso que ele expressa é muito diferente. Velho de um século, o tango nasceu em uma sociedade que sofria um das mais rápidas e abrangentes mudanças e um dos mais violentos impactos imigratórios, de que se tem registro na história. Na véspera da Primeira Guerra mundial, a Argentina completava 20 anos de crescimento econômico vertiginoso. Graças a avanços feitos nas últimas décadas do século 19 nas técnicas de melhoramento dos rebanhos e na refrigeração da carne, o país enriqueceu num ritmo estonteante. Sua renda per capita não tardou a igualar a da Alemanha e dos Países Baixos, e ultrapassado as da Itália, da Espanha, da Suécia e da Suíça. Buenos Aires tornara-se a segunda maior cidade do litoral atlântico, depois de Nova York. O ritmo da construção era frenético e a cidade se tornava a cada dia mais esplêndida.

Da Espanha e da Itália vinham dezenas de milhares de trabalhadores. Em 1914, 300 dos 400 mil operários e uma proporção ainda maior dos empregados de colarinho branco eram imigrantes de primeira geração. Mas essa gente vivia em condições deploráveis, amontoada em conjuntos habitacionais de péssima qualidade, principalmente nos bairros próximos ao porto. Com seus laços familiares de origem rompidos pela aventura da emigração e escassas possibilidades de construir laços novos, dada a insuficiência de mulheres, pelejavam pela vida num ambiente desestruturado e depressivo. Daí terem como diversão sobretudo os bordéis, centenas deles, e o tango nascerá como expressão por excelência do ambiente meretrício.

Quanto ao conteúdo poético, Marcos Aguinis diz que o tango exprime "...rancor, medo, tristeza, picardia" (pág. 51). Música proibida, "réptil de lupanar", dirá Gallone (pág. 31). "Una concepción marginal y desesperada de la vida", é como o entende María Verónica López Quesada. Irreverente, transgressor, canto "de una ciudad que va creciendo a gritos", define Varela (pág. 15). Penso que essas aproximações são úteis e inspiradas, e poderíamos buscar muitas outras, inclusive em escritores do porte de Ernesto Sábato e Jorge Luís Borges. Como vou traçar um paralelo com a música brasileira, examinarei a questão sob um ângulo diferente: a maneira pela qual a experiência amorosa é implicitamente representada no tango.

O ideal afetivo que se expressa no tango é, como já se notou, tipicamente romântica: uma união amorosa sincera e estável, a vida singela do bairro, uma comunidade de amigos para toda a vida. Assim, à primeira vista, o romantismo popular argentino não difere do brasileiro, ou de qualquer outro. Mas no tango esse ideal invariavelmente aparece como o reverso inatingível de uma realidade brutal: de uma decepção ou rompimento que desagrega, desmoraliza e deprime. Neste sentido, a poética do tango se compõe de dois momentos inseparáveis, um muito mais real que o outro. O primeiro, inexorável, exprime o ressentimento, a mágoa, a desilusão amorosa. O segundo é o solilóquio da perda, evocação do que poderia ter sido mas não foi, nem será jamais. O relacionamento amoroso é descontínuo, quebrado entre dois tempos distintos. Não há uma sequência, processo ou ciclo evolutivo, e sim um contraste brutal entre os mundos objetivo e subjetivo: aquele, agressivo e acachapante, este se ensimesmando na vergonha. Liquefazendo-se como pura lembrança. Objetivo é o momento da constatação, como em "Melodias de arrabal": citação "[la] pebeta, linda como una flor /espera coqueta/ bajo la quieta / luz de um farol/". Fim da citação. Subjetivo é o da evocação de um tempo que se prefigurava feliz, mas se revelou ilusório e culminou no duro aprendizado, como em Madreselva: "hoy que la vida me ha castigado / y me ha enseñado su credo amargo... Como não há um processo ou ciclo, a descrição do encontro verdadeiro, da fruição amorosa propriamente dita, raramente acontece na poética do tango. O que mais se aproxima disto é o tango-canção "El dia em que me quieras", com seu intenso lirismo: "El dia em que me quieras / no habrá más que armonías / será clara la aurora / y alegre el manantial.../".

Essa tradição, claramente encarnada na figura de Carlos Gardel, foi o objeto da revolução encetada por Piazzolla. A tristeza e o drama estão lá, mas subordinada, em Piazzolla, a impulsos melódicos e a uma complexidade harmônica infinitamente mais poderosos. Só para ilustrar, cito "Oblivion", "Adiós, Nonino" e a suíte sobre as quatro estações buenairenses. O tango antigo teve certa difusão internacional, mas Piazzolla está em todo mundo, arranjado para todos os instrumentos e para orquestras. Nada a ver com o "Mano a mano" gravado em 1923 por Carlos Gardel, apoiado num singelo acompanhamento de dois violões, ainda na era das cordas de tripa.

Naturalmente, os temas do rompimento e da perda, da decepção e da traição, permeiam também a canção sentimental brasileira. Mas a representação da experiência amorosa que os organiza e lhes confere sentido parece-me radicalmente diferente da que encontramos no tango. Trata-se de uma representação, como direi, essencialmente naturalista, ou seja, de uma visão da experiência amorosa como um processo contínuo, que percorre fases previsíveis, como um organismo que nasce, cresce, atinge a plenitude e decai. Diferentemente do que ocorre no tango, o desamor e a separação, sendo um desfecho natural, não carecem de explicação: ocorrem porque hão de ocorrer, da mesma forma que a juventude dá lugar à maturidade e esta à velhice. Poeticamente a separação pode se exprimir como um pungente lamento: "um dia você partiu / meu pinho emudeceu / e minha voz na garganta morreu" ; como cortante ironia: "nosso amor que eu não esqueço/...morre hoje sem foguete / sem retrato e sem bilhete / sem luar e sem violão ", e de mil outras maneiras, mas o pano de fundo não se altera. Não há, como no tango, dois mundos infranqueáveis entre si, mas um mundo que permanece inteligível, cujo ciclo se renova sem cessar. E dado que o relacionamento é um ciclo ou processo, todas as suas fases–inclusive a plenitude inicial do amor -, prestam-se igualmente à elaboração poética: "os pingos da chuva que ontem caiu / ainda estão a brilhar / ainda estão a cantar/ me dê a mão, vamos sair / para ver o sol... ".

Voltemos, agora, a Villa-Lobos e Tom Jobim. Nenhum dos dois produziu em nossa música um impacto revolucionário comparável ao de Piazzolla na Argentina. A Bacchiana número 5 de Villa-Lobos ganhou o mundo e tornou-se um dos grandes clássicos do século 20 devido à excepcional beleza melódica da Ária e da Cantilena, que em nada "agridem" nossa tradição popular: bem ao contrário, alimentam-se dela. As outras oito bacchianas são claramente inferiores, a ponto de raramente serem tocadas. Villa-Lobos foi revolucionário, sim, mas não na música vocal. Foi revolucionário em sua notável contribuição para a música violonística, tanto assim que seus estudos e prelúdios são hoje peças obrigatórias na pedagogia e nos recitais dos grandes mestres do instrumento.

O caso de Tom Jobim é obviamente mais complicado. Como negar a profundidade de sua influência como compositor e instrumentista? Jobim, junto com

João Gilberto, foi o principal responsável pela modernização da harmonia. Como leigo, opino que o grande divisor de águas foi o disco "Canção do amor demais", de 1957, que contou com a participação instrumental de João Gilberto e a voz de Elizeth Cardoso. Observe-se, porém, que até nesse disco já se pode notar a simbiose com as antigas serestas, pois inclui nada menos e nada mais que a "Serenata do adeus", de Vinicius de Morais. Maior complexidade harmônica, sem dúvida, mas nada há em Jobim que se contraponha, digamos, a Noel Rosa, que falecera duas décadas antes. E nem se diga que Jobim e a bossa-nova influenciaram de forma decisiva todos os grandes compositores que iriam surgir dali em diante. Lembro, a título de exemplo, Nelson Cavaquinho e Cartola, cuja consagração não se deve a uma descontinuidade acentuada com a tradição.

Do exposto creio ser possível extrair um paradoxo. A bossa-nova durou menos do que se haveria de supor, apesar da pujante influência de Jobim e dos muitos músicos que participaram daquele movimento: influência na forma de tocar e de cantar, e também na poética, que deixou para trás o vozeirão exigido pelos estilos anteriores em benefício de uma estética muito mais suave e intimista. Mas essa poética trazia em si o elemento que a iria debilitar. O abandono da canção aparentada ao tango ("Hoje quem paga sou eu", "A volta do boêmio"...) não significava que a poética da bossa nova pudesse preencher os anseios estéticos dos brasileiros; passar da "volta do boêmio" ao "dia de sol, festa de luz" e ao "barquinho vai", muito menos ao pato que "vinha cantando alegremente". Assim, atrevo-me a dizer que a bossa nova não tinha como cavar mais espaço em nossa conflituosa e tumultuada sociedade, mas Tom Jobim tinha, e o fez, legando-nos obras-primas como "Se todos fossem iguais a você" e "Águas de março".

O TERCEIRO HOMEM

Nunca fui um cinéfilo do tipo obcecado. Quando vou ao cinema ou assisto um bom filme na TV, gosto muito e guardo os detalhes por muitos anos, mas sou muito preguiçoso para ficar procurando o que ver.

E sou tremendamente exigente. Quando Maria Eugênia e eu começamos a namorar, ela ficava irada quando eu lhe dizia: "o filme terá vinte minutos para dizer a que veio". E, realmente, ir a um restaurante era para mim um prazer muito maior que assistir a um mau filme". Numa época mais remota, escandalizei meus amigos com um lance desses. Os autodenominados meios "culturais" estavam maravilhados com o filme japonês "O Império dos Sentidos". Aos vinte minutos, apliquei-lhe o cartão vermelho, direto. Outro caso foi "La Chinoise", de Godard. Nem precisava ter dado vinte minutos, quinze já estaria de bom tamanho.

Com "O Terceiro Homem", deu-se o contrário. Ainda menino, em Dores do Indaiá, fui vê-lo no cinema local, acompanhando uma de minhas irmãs. Não entendi bulhufas, obvio, mas guardei na memória uma cena em que o ator principal (hoje sei que é Orson Welles), num túnel, dependurado numa grade, tentava fugir. Durante anos, quando por algum acaso ouvia o título O Terceiro Homem, era só essa cena que me vinha à mente. Mas a existência do filme permaneceu, porque minha irmã gostava de solfejar a música, deveras marcante, e me respondia "O Terceiro Homem", quando eu perguntava que música era aquela.

Pois veja você, caro leitor, como são as coisas. Semanas atrás, escarafunchando o Utube, encontro o filme, posto nas alturas como um ícone do "cinema noir". E constato, desde logo, que o elenco é do arco da velha: Orson Welles, Joseph Cotten, Anita Valli e Trevor Howard. Script de ninguém menos que Graham Greene e, melhor de tudo, legendado e de graça.

Já o vi cinco vezes e não me canso de recomendá-lo. Começa pelo fato notável de o cenário ser rigorosamente verdadeiro. O filme é de 1949, e foi rodado em Viena, mostrando, portanto, todas as marcas que a Segunda Guerra Mundial deixou na linda capital austríaca.

Mas se você pretende vê-lo, aceite meu conselho. Em The Third Man, todos os detalhes são importantes. Não se distraia e resista bravamente à eventual necessidade de ir ao banheiro. Graham Greene não brincava em serviço. Seu script é simplesmente perfeito. Tudo o que você vê na tela–um gato, uma criança gritando histericamente -, essencial. Me acredite: no gênero espionagem e crime, The Third Man é o melhor de todos os tempos.

O GLADIADOR

O filme Gladiador, um dos maiores épicos do cinema, quase tudo já foi dito, mas não resisto a acrescentar alguns palpites. O primeiro, quiçá o mais extraordinário, é que essa superprodução veio a público, em 2000, ninguém mais aguentava filmes de gladiadores. Quatro décadas haviam se passado desde Ben-Hur e Spartacus.

Segundo, entre os filmes dedicados à antiguidade romana, Gladiador é talvez o mais fiel à verdade histórica. O general Máximo é inventado, claro, mas não o imperador Cômodo, que de fato existiu, tendo reinado entre 280 e 292 DC.

Terceiro, o notável paradoxo de ter Cômodo chegado ao poder por ser filho adotivo do imperador Marco Aurélio, o mais culto e humanista em toda a linhagem dos governantes de Roma. Como em geral acontecia, a morte dele abriu uma crise de sucessão, sendo plausível que, nos últimos anos de sua vida, ele tenha considerado a possibilidade de passar o trono a um dos generais de sua preferência, no caso Máximo, representado no filme por Russell Crowe. Mas em nenhuma hipótese iria Cômodo (Joaquin Phoenix), um demente, obcecado pelo poder, deixar que outro montasse a égua parada à sua porta. Esse é o fio condutor do filme: Máximo quer vingar-se de Cômodo, responsável por escravizá-lo e assassinar sua família.

No plano dos fatos, sabemos que a era de Cômodo correspondeu com exatidão a um regime pretoriano, ou seja, um sistema no qual o governante se protege e governa apoiado por uma tropa de milicianos mercenários, não por um grande exército ligado ao Estado, como deveria ser o caso em tempos normais. Em O Príncipe, obra de 1513, Maquiavel minimiza o conflito sucessório, dando por certo que a ascensão pela via hereditária (embora adotivo) poderia ter garantido a Cômodo a legitimidade de que todo governante carece:

"Consideremos o caso de Cômodo, que poderia facilmente ter controlado o Império, uma vez que, sendo filho de Marco Aurélio, o adquirira como direito hereditário; bastar-lhe-ia, portanto, seguir as pegadas do pai para manter satisfeitos os soldados e o povo. Mas, sendo um indivíduo brutal e cruel, pretendeu praticar sua rapacidade sobre o povo entretendo os soldados e tornando-os licenciosos. Por outro lado, não mantendo a dignidade de sua posição, descendo com frequência à arena para pelejar com os gladiadores e permitindo-se praticar vilezas incompatíveis com a majestade imperial, tornou-se desprezível aos olhos dos soldados. Assim, odiado por um lado e desprezado pelo outro, tornou-se alvo de conspirações e acabou sendo morto".

COMO O MUNDO PERDEU UM GRANDE CINEASTA

Como o leitor já deve ter percebido, eu às vezes tenho uns delírios. "Uns", não; muitos. Pois então, anos atrás encasquetei de escrever e produzir um filme faroeste. Faroeste de verdade, não na linha dos spaghettis italianos, que a meu ver devem ser classificados no gênero comédia, ou como pura avacalhação.

Uma pessoa que se interessa por cinema, a primeira coisa que precisa fazer é obviamente assistir cinema. Assistir muitos, dezenas, centenas de filmes. Logo descobri que o gênero faroeste compreende mais de cinco mil filmes. Exatamente como escrevi: cinco mil. Para assistir todos eles, eu teria que ter começado como bebê e me manter diante da tela até a hora da morte. Decidi que veria quantos aguentasse e me parecessem necessários. A partir de certo ponto, não conseguiria mais distinguir um do outro: essa é a hora de parar.

Pois bem, você que me lê, por favor me acredite: assisti e anotei minuciosamente nada menos que cento e vinte westerns. O suficiente para me considerar um expert mundial na matéria. Hoje estou convencido de que dez, se tanto, teriam sido suficientes.

Aqui vou dar só uma pala. Num faroeste que se preze, à medida que os letreiros vão aparecendo, vemos o mocinho trotando colina abaixo e descortinando, lá bem longe, na linha do horizonte, um aglomerado de casas que depois saberemos que é a cidade, com uma edificação mambembe que serve de cadeia, outra que serve de estábulo e, naturalmente, o saloon, que é onde as coisas realmente acontecem. Chegando ao sopé da colina, o mocinho dirige-se a uma casa, cujo dono o recebe com sua winchester ao alcance da mão; mas o stress passa quando os dois se entendem, o mocinho quer apenas matar a sede de seu belo alazão.

Mas, caríssimo, permita-me voltar ao meu projeto. Após estudar com uma lupa o mapa dos Estados Unidos, localizei os lugares onde se concentravam as proverbiais nações indígenas (apaches, comanches, sioux) e me detive numa área que me pareceu ideal para o que pretendia escrever. Um vale verdejante, cercado por longas colinas (claro, de onde os índios iriam tirar suas flechas?), e um rio percorrendo por um dos lados toda a extensão do vale. Pus-me a escrever.

Considerei que só precisava de duas coisas. Primeiro, chegar a algum produtor americano que se dispusesse a financiar uma verdadeira obra de arte. Segundo, colher a avaliação de amigos sábios sobre o enredo que estava prestes a concluir. A primeira questão levou-me a um conclusão inabalável: é mais fácil você trazer o Jiping, o Putin e o Biden para trocar ideias em sua casa do que falar com um produtor de cinema, seja ele de que nacionalidade for. Aos meus amigos pedi uma avaliação de meu script, e a resposta foi imediata, convincente e estrondosa. "Isso é uma grande porcaria!!!, responderam em uníssono, e o ribombo foi tal que eu mesmo me convenci: meu script era uma porcaria.

Consolei-me evocando Lavoisier: na natureza nada se perde, tudo se transforma. Ou, como talvez o tivesse dito o Barão de Itararé: bem espremida, uma tonelada de scripts inúteis haverá de dar à luz algo de aproveitável. Pois então, deixei de lado meu enredo e pus-me a pesquisar o que restara dos 120 filmes aos quais dediquei tanta atenção. É o que lhes vou contar noutro texto.

THE AMERICANO

Em minha efêmera carreira de cineasta, um dia dei de cara com um filme intitulado "The Americano". Assim mesmo, "The Americano". Com Glenn Ford no papel principal, devia ser bom. Glenn Ford, para quem não se lembra, foi um ator de sucesso nos anos cinquenta, geralmente encarnando um galã arrasador. Não havia Ava Gardner que resistisse a seu charme. Mas imagine você, caro leitor, qual não foi minha surpresa quando, logo na primeira cena, em vez de um mocinho trotando colina abaixo, o que vejo? Ora, meu caro, nesta você não vai acreditar. Vejo um navio — !sim, senhor -, um enorme transatlântico, em alto mar.

Aí, para deslanchar a história, aparece Glenn Ford à beira da piscina, saboreando seu uísque, conversando com um sujeito cuja identidade não vem ao caso. Este então lhe pergunta:

-— !"O que vai um texano fazer no sul do Brasil"?

--— !Estou levando quatro touros da raça Brâmane que vendi a um criador de lá. Criação nossa, no Texas. Saem por um bom preço: 25 mil dólares cada um. Compensa a viagem.

Corta para o Rio Grande do Sul. Numa aldeia escura, cheia de gente mal encarada, Glenn Ford procura informações sobre como chegar à fazenda do Sr Fulano de Tal, o comprador. As pessoas que ele aborda fazem uma cara de quem não quer tocar no assunto, dando a entender que tudo o que se referisse ao Sr

Fulano de Tal era perigoso. Vida que segue, um sujeito mais mal encarado que o Liberty Valance do John Ford se oferece para guiar Glenn Ford até seu destino. Adverte-lhe que é longe, a fazenda fica a pouca distância das cataratas do Iguaçu. As cataratas do Iguaçu, no Rio Grande do Sul! Aí soltei minha décima terceira gargalhada e parei para pegar outra taça de vinho.

Dias depois, ainda com os touros Brâmane devidamente entregues ao comprador, contei essa história a um amigo pecuarista. Você nem cogita o que ele me disse. Não sei se o comentário dele é verdadeiro, mas reproduzo-o aqui nem que seja para você também rir um pouco.

--— !Brâmane? Brâmane nada mais é que o nosso InduBrasil. Os americanos contrabandearam sêmen de Uberaba para o Texas, talvez tenham feito pequenas alterações genéticas, arranjaram esse nome e hoje o exportam para toda parte, como se fosse uma descoberta deles.

REALIDADE E MITO NO FAROESTE

Ninguém acredita que um indivíduo possa sacar dois revólveres e com ambos acertar um alvo numa fração de segundo. Esse absurdo contém a essência e, ao mesmo tempo, o encanto do gênero western.

Mas nem tudo no faroeste é mito. Para bem compreendê-lo, é necessário decifrar a complexa combinação entre realidade e mito de que ele se compõe.

Compreender, primeiro, que tal gênero tem como pano de fundo as três décadas posteriores à Guerra de Secessão. Esta, como sabemos, aconteceu entre 1861 e 1865, deixando um número enorme de mortos e aleijados e outro tanto de gente sem casa e sem trabalho, ou seja, sem para onde voltar. Mas com um número também muito grande de indivíduos dispostos a buscar outro destino–os desmobilizados do serviço militar. Esses indivíduos–e aqui chegamos a um ponto crucial -, haviam se adestrado plenamente no manejo de armas, as quais, acrescente-se, haviam passado por uma acentuada modernização tecnológica.

É no destino dessa gente que vamos encontrar os personagens da amálgama de realidade e mito de que se compõe o gênero faroeste. Como que da noite para o dia, centenas de lugarejos vão se constituindo; pequenas cidades nas quais quase tudo faltava, a começar pela presença do governo. Não por acaso, na maioria dos faroestes, o xerife é uma figura caricata, não raro embriagada e facilmente intimidável. Famílias inteiras em suas carroças e indivíduos que só dependiam de si e de sua destreza com o revólver se deslocaram para o oeste e, querendo ou não, se envolveram na perigosa trama que era a luta pela sobrevivência.

Inexistindo uma ordem legal efetiva, imposta pelo Estado, que ordem poderia haver? Aqui chegamos a outro ponto crucial para o entendimento do western. Mais ou menos espontaneamente, uma regra básica teria se estabelecido, a da legítima defesa. Uma tênue linha divisória teria se estabelecido entre o homicídio puro e simples e a violência legítima, praticada em defesa da vida. Dessa linha divisória, que em si já era um composto de realidade e mito, decorre o mito fundamental, a pedra angular do gênero: a rapidez no gatilho. Para sobreviver, obviamente. Mas também para matar: para dar cabo de um inimigo, bastava instigá-lo a levar primeiro a mão ao coldre, e atirar primeiro.

Penso que o acima exposto oferece alguns dos elementos básicos para a compreensão do gênero, mas não ainda o elemento essencial: quais eram os bens mais cobiçados, os que com maior frequência desembocavam em assaltos, duelos e tiroteios? A cidade do faroeste, como já se notou, era de uma extrema simplicidade. Xerife e juiz eram figuras apagadas. A cadeia era um pequeno contraponto à também diminuta igreja. O essencial, o lugar onde as coisas realmente aconteciam, era o bar, ou o misto de bar e hotel. Dali, por motivos fúteis ou como reflexo oblíquo de entrechoques de interesses mais poderosos, sempre saíam cadáveres. Nisso não precisamos nos deter, pois aí se trata do faroeste como puro entretenimento. Interesses mais poderosos: esses quais eram? Primeiro, é preciso lembrar que a "marcha para o oeste" norte-americana implicou a liquidação ou pelo menos o confinamento em reservas das grandes nações indígenas (apaches, comanches, sioux), guerra que traz o exército à cena e que é quase sempre integrada à narrativa da construção da Estado Nacional. Quanto a esse ponto, John Ford é o nome obrigatório entre os diretores. Mas sua produção não se esgota nos embates com os indígenas. Se essa é a essência de "No tempo das diligências", "O homem que matou o facínora" (com James Stewart e John Wayne) focaliza a paulatina aparição da figura do Estado, a imposição da lei contra a desordem cotidiana.

Como antecipei, para bem compreender o arcabouço do faroeste é preciso levar em conta o entrechoque de grandes interesses, e entre esses o segundo é, sem dúvida, a luta pela terra. Antes de abordá-lo, permito-me, porém, aproveitar a precedente menção a John Ford e John Wayne para uma digressão que considero indispensável. Até John Ford, o western era uma forma artística quase totalmente despida de psicologia. Seus personagens — !e John Wayne como exemplo insuperável— !eram como heróis da mitologia grega. John Wayne nunca transita entre a alegria e a tristeza; nunca sofre, nada teme. É um arquétipo mitológico.

É como se John Ford nos dissesse: dentro do grande painel da construção do Estado Nacional, o homem comum, de carne e osso, empalidece, o que importa é o construtor, o artífice da história. O abandono e a superação do paradigma fordiano dá-se com os dois grandes clássicos de 1951 e 1953: "High Noon" (Matar ou morrer), que rendeu a Gary Cooper o prêmio de melhor ator, e "Shane" (Os brutos também amam), com atuações inesquecíveis de Alan Ladd e Jack Palance. Gary Cooper, o xerife, informado de que bandoleiros que havia enjaulado poucos anos antes logo chegariam à cidade para mata-lo, ele tem medo. Muito medo. Faz de tudo para obter a ajuda dos homens de bem da cidade, ele descobre que eles são solidários na bonança, mas não na penúria e no sofrimento. Neste caso, o grande interesse em jogo não tem a ver com índios ou com a posse da terra. Trata-se pura e simplesmente da ordem. Ele e todos na cidade subitamente descobrem que não pode haver vida normal onde na ordem, e não pode haver ordem se, na hora crítica, os que dela se beneficiam optam pela fuga.

"Os brutos também amam" (Shane), a meu juízo o ponto culminante do gênero, dá continuidade à linha revisionista, devolvendo a dimensão humana aos personagens, mas distingue-se ao mesmo tempo por abordar frontalmente a questão da luta pela terra. Shane é um ex-pistoleiro empenhado em se livrar de seu passado. Chegando ao lugarejo que abrigará a história, ele vem a conhecer um casal de colonos que, com um filho de cerca de dez anos, magnificamente personificado por Brandon de Wilde, querem ali se estabelecer como homesteaders, ou seja, segundo o modelo da pequena propriedade familiar. Shane prontifica-se a ajudá-los, o que não é fácil, pois luta contra seu passado de pistoleiro e contra uma mal disfarçada atração pela esposa (Jean Arthur) do colono (Van Heflin).

Acontece que a região é controlada por um potentado, Rulfus, que a quer para a criação de gado no sistema de open range, quer dizer, gado solto, sem fronteiras, exigindo uma enorme extensão de terras. A próxima chegada das ferrovias agudiza o conflito, pois Rulfus passa à condição de beneficiário potencial de uma imensa fortuna. Assim, ele pressiona dia sim e outro também o casal a abandonar seu projeto de pequena propriedade cercada. Deparando-se com uma resistência inabalável, decide recorrer à violência. Manda vir de longe um pistoleiro tido como imbatível e frio matador, Wilson, personagem esplendidamente encarnado por Jack Palance. Como é fácil perceber, até aqui falamos sobre a combinação básica de realidade e mito subjacente a todos os grandes westerns. O restante — !quero dizer, o duelo final -, é quase só mito, e nem poderia ser diferente.

MINHA DEVOÇÃO PELO VASCO

Deleito-me diuturnamente com o saber futebolístico de muitos amigos e amigas com quem dialogo através do Facebook. Admiro tanto sua capacidade de análise como a quantidade de informação que dominam. Paixão por algum clube todos temos — !sem ela o futebol não teria a menor graça -, mas nada que impeça a troca de ideias ou alguma discussão eventualmente mais acalorada.

Mas, claro, sempre haverá algum ponto sobre o qual dificilmente nos entenderemos. A rivalidade Vasco X Flamengo é com certeza a mais evidente. Ela precede o futebol; vem da época em que os dois clubes se dedicavam principalmente aos esportes aquáticos. Sou Vasco desde criança, e muitos dos melhores amigos que conheci no Facebook são Flamengo.

Como milhões de outros vascaínos, apaixonei-me pela Cruz de Malta em 1950. Tinha 7 anos e começara a cursar o primeiro primário lá nos cafundós de Minas, na margem esquerda do rio São Francisco.

O começo é bem conhecido. Ano da primeira Copa jogada no Brasil e da inauguração do Maracanã, o Vasco era a base da seleção. Com a derrota para o Uruguai, o Brasil inteiro ficou cabisbaixo e logo após teve início uma campanha de difamação contra nosso goleiro, o grande Moacir Barbosa, titular da Seleção. Nada disso me afetou, até porque, apesar da tenra idade, já sabia da conquista invicta do primeiro Torneio Sul-Americano de Clubes (precursor da Taça Libertadores), disputado no Chile, e o Vasco já era conhecido como o "Expresso da Vitória"..

Em seguida, 1953, vencemos o torneio intercontinental Rivadávia Correia, disputado no Rio, e em 1957 outro intercontinental, o Torneio de Paris, batendo o Real Madrid por 4 x 3, à época bicampeão da Europa, não tomando conhecimento da presença de Di Stéfano nas hostes aniversárias, e sendo aplaudido de pé pelo público francês.

De Paris fomos à Espanha, onde, entre outros feitos, enfiamos 7 x 2 no Barcelona e faturamos a Taça Teresa Herrera. Uma coincidência interessante é que, naquele ano, o astro do Barcelona era Evaristo, um velho ídolo do Flamengo. O Vasco jogou com Carlos Alberto, Paulinho e Belini; Laerte, Orlando e Coronel; Sabará, Valter, Vavá, Pinga e Parodi. Desse Valter, terei muito a falar noutra crônica.

Depois dessa excursão, ficou praticamente definido que o Gigante de São Januário seria um dos pilares da seleção da Copa de 1958, a ser disputada na Suécia, e, de fato, a seleção contou com três titulares do Vasco: Belini, Orlando e Vavá. Belini, como vocês devem se lembrar, criou o símbolo da vitória nas copas, erguendo o caneco acima da cabeça para os fotógrafos registrarem o momento histórico.

Claro, nessa época, anos cinquenta, eu ainda não tinha conhecimento do fato decisivo graças ao qual a história do Vasco se destacou como a mais bela dentre as outras do futebol brasileiro. Refiro-me à posição explícita, altiva, oficial, que São Januário assumiu contra o racismo no esporte. Aqui estou me referindo aos anos vinte, e especificamente ao ano de 1924. Os outros clubes grandes, capitaneados por Flamengo e Fluminense, queriam o futebol como um esporte aristocrático, sem negros e sem pobres, expressão algo redundante porque a maioria dos pobres era de cor negra. A fim de sustentar essa posição, formaram a AMEA — !Associação Metropolitana de Esportes Atléticos, à qual o América, que não era da zona Sul, veio a aderir. Em abril de 1924, a AMEA, presidida por Arnaldo Guinle, exigiu do Vasco a exclusão de doze atletas negros, sob pena de ser excluído do campeonato da cidade. A resposta foi imediata. No dia seguinte, o presidente cruz-maltino José Augusto Prestes rechaçou oficialmente, em papel timbrado, a pressão dos clubes racistas. A "Resposta Histórica", como o documento ficou conhecido, é o grande marco na história social do futebol brasileiro.

Decepcionados com a resposta do Vasco, os clubes mencionados passaram a alegar que o Vasco não podia disputar o campeonato porque não tinha estádio. Como se aqueles pequenos campos usados pelo Botafogo (General Severiano), Fluminense (Laranjeiras) e Flamengo (Gávea) merecessem o designativo de "estádios". Importante, porém, é que, mais uma vez, o Vasco não se fez de rogado. Valendo-se exclusivamente de contribuições de seus associados, pôs mãos à obra e deu início à construção de São Januário. Inaugurado em 1927, São Januário nasceu como o maior estádio da América do Sul, só vindo a ser superado em 1940, com a inauguração do estádio municipal do Pacaembu, em São Paulo.

VERDADE E MITO SOBRE O GOLEIRO BARBOSA

Um ponto que sempre discutirei com certa aspereza é o massacre a Barbosa, goleiro do Vasco e da seleção brasileira de 1950. A referida rivalidade transformou Barbosa no personagem central do "maracanazo": nossa derrota para o Uruguai por 2 x 1, que nos custou o título de campeão, numa copa disputada no Brasil e no ensejo da inauguração do maior estádio do mundo.

Os duzentos mil torcedores presentes no Maracanã vivenciaram a derrota como um soco no estômago e logo escolheram o "culpado": Barbosa e, obliquamente, o Vasco, que formava por larga margem a base daquela seleção. Com o correr do tempo, o trauma esvaiu-se, a massa de torcedores deixou para trás a derrota, mas não certos clubes e a imprensa carioca, para os quais massacrar Barbosa permaneceu como uma forma fácil de atingir e diminuir a grandeza do Vasco.

Em abril deste ano (2021), no centenário de nascimento do goleiro vascaíno, a imprensa publicou páginas e mais páginas com o suposto objetivo de "recuperar" sua imagem. Não era plausível considerá-lo o "culpado" ou "responsável" único por nossa derrota. Embora o chute do ponta uruguaio Ghigia tenha passado entre o corpo de Barbosa e sua trave esquerda, não é razoável qualificar o gol como um "frango", pois foi um chute violento, a curta distância e, mais importante, um tipo de gol que acontece praticamente toda semana, em todos os torneios. A imprensa lembrou também o estúpido clima de "já ganhou" que tomou conta do Rio, a ponto de os principais jornais do Rio estamparem fotos da seleção, celebrada como campeã já na véspera. O prefeito do Rio de Janeiro discursou afirmando (em linguagem protocolar, óbvio) que nossa seleção iria apenas cumprir a tabela.

O essencial, no entanto, ainda não foi dito. Numerosos textos recontaram a história de Barbosa, mostrando que o mencionado massacre midiático acabou com a carreira e a vida dele. De fato, a consequência daquela humilhação foi que Barbosa viveu longos anos deprimido, ridicularizado e dependendo de auxílios que beiravam a caridade. Em seus últimos anos, sua filha relatou a situação dele ao "famigerado" Eurico Miranda, que lhe assegurou uma mesada, com dinheiro do próprio bolso.

Recuperação insuficiente, para não dizer fajuta. O que realmente interessa, não encontrei em nenhuma matéria. Ghigia (grande jogador, por sinal) avançou livre pela ponta direita, carregou sozinho a bola por mais de vinte metros, sem sofrer qualquer pressão por parte de seu marcador. Quem era seu marcador? Bigode, atleta do Flamengo. Sem marcação, Ghigia entrou na área sem ser incomodado e disparou seu chute a curta distância. Para ficarmos num só exemplo, direi que foi um gol idêntico ao de Sócrates contra a Itália em 1982. Sucinto, o ex-lateral Nelinho certa vez declarou sem rodeios: o Uruguai ganhou porque era melhor.

O CRAQUE MAIS ESQUECIDO DO FUTEBOL BRASILEIRO

Moacir Barbosa, goleiro da seleção brasileira de 1950, não foi o craque mais esquecido do futebol brasileiro. Ao contrário, ele foi cruelmente lembrado até o resto da vida, em parte devido à derrota para o Uruguai em 1950 e em parte por uma persistente e deliberada campanha de difamação.

Do mais esquecido nem a atual crônica esportiva–capaz de citar jogos do tempo das cavernas–se lembra. Refiro-me a Valter, número 8 do Vasco, um cracaço de bola, apontado como o melhor do campeonato de 1957. Registrem bem a data: 1957. Em 1958, iríamos jogar a Copa na Suécia. Ninguém no planeta questionava ou questionaria que a camisa 8 pertencia a Didi, o grande mestre, regente da orquestra que iria encantar o público escandinavo.

Valter seria o reserva natural; isso, à época, só certos fanáticos dos clubes adversários contestavam. Mais eis que surge um pequeno detalhe. Indiscutivelmente, o Vasco teria três titulares: Belini, Orlando e Vavá. E o Flamengo, como ficaria? Sem ninguém? Claro que não. Num abrir e fechar de olhos, forças mais ou menos ocultas mobilizaram-se para encaixar três da Gávea no escrete canarinho. Conseguiram o que desejavam: encaixaram Joel, um ponta-direita mediano, do nível do vascaíno Sabará, que nunca foi sequer cogitado. Dida, um ponta-de-lança pela esquerda, bom jogador, mas que tinha de si uma tarefa de Sísifo: desbancar Mazzola (do Palmeiras) e o próprio Vavá. Depois de sua pífia atuação contra a Inglaterra, Mazzola foi sacado, Feola abandonou a ideia da dupla Mazzola-Vavá e o ataque brasileiro ganhou sua forma definitiva: Garrincha, Didi, Pelé, Vavá e Zagalo. E Moacir, um número 8 de ofício — !veja você leitor, o azar do rapaz -, seria o reserva natural de Didi. Joel jogou a primeira partida, contra a Áustria, porque Garrincha teve que ficar no banco, cumprindo punição disciplinar, e não fez feio. Dida também jogou contra a Áustria, e também não fez feio. Moacir nem precisaria ter calçado as chuteiras, pois não participou desse e de nenhum outro jogo.

Não sei ao certo, e penso que ninguém sabe, o que se passou na cabeça de Valter, mas tenho uma interpretação: Não sendo bobo nem nada, Valter sabia que não seria convocado. O reserva de Didi seria Moacir. Assim, ele fez as malas e assinou contrato com o Valência. Por uma imensa infelicidade, teve morte precoce, vítima de um acidente de automóvel.

HISTÓRIA SINCERA DO TRICAMPEONATO RUBRO-NEGRO DE 1955

Nenhuma de bom senso contestará os méritos da meteórica ascensão do Flamengo ao primeiro plano do futebol brasileiro. Penso, entretanto, que a história da parcialidade das arbitragens e da corrupção propriamente dita nunca estará completa enquanto não se der a devida atenção a certos episódios referentes ao grande clube da Gávea. Afirmo, sem pestanejar, que a história do "garfo" e a do Flamengo se entrelaçam em numerosos pontos; mais com a história do rubro-negro que com a de qualquer outro grande clube brasileiro.

A maioria dos episódios ocorridos desde os anos 60 pode ser facilmente recuperada através de vídeos e depoimentos, e é suficiente para corroborar minha afirmação. Nesse período, o apoio da Petrobrás e a simpatia da CBF e da Rede Globo associaram-se para levar o prestígio da Gávea aos píncaros. A fase anterior — !ou seja, o período propriamente de ascensão do Flamengo, remontando aos anos 50 -, só nos é dado conhecer através da imprensa carioca, das principais emissoras de rádio do Rio de Janeiro e do Canal 100, produzido por Carlinhos Niemeyer, exibido nos cinemas até de minúsculos municípios do Brasil.

Poucos, mesmo entre os mais devotos flamenguistas, conhecem um dos momentos cruciais da vertiginosa ascensão do clube. Refiro-me ao tricampeonato conquistado em 1955, derrotando o América Futebol Clube, à época provavelmente a melhor equipe do Rio de Janeiro. A decisão aconteceu no começo de 1956, em três partidas sucessivas, e teve três personagens principais. Pelo lado do América, o meia armador Alarcón. Pelo do Flamengo, o zagueiro direito Tomires. Na arbitragem, Mário Viana, que apitou a terceira partida.

Martín Carlos Alarcón, argentino de nascimento, foi descoberto pelo técnico paraguaio Fleitas Solich– grande técnico que, por coincidência, dirigia o Flamengo na campanha do tricampeonato. Foi ele, Solich, que se encantou com o futebol vistoso, de pura classe, de Alarcón, e o levou para o Libertad do Paraguai. Não tendo tido muito sucesso no início da carreira, Alarcón voltou para a Argentina, depois novamente ao Paraguai e finalmente chegou ao América do Rio em 1954, enfrentando e dando muito trabalho aos clubes da zona Sul. Formou ataques inesquecíveis ao lado de craques como Paraguaio, Canário, Wassil, Leônidas, Romeiro e João Carlos.

O segundo personagem foi Tomires, zagueiro direito do Flamengo (o outro era Pavão). O adjetivo "carniceiro" lhe cairia bem, mas era conhecido apenas como o "cangaceiro da área". Cultivava com devoção a doutrina de que a bola pode até passar, mas o adversário não passa. No primeiro jogo, o Flamengo saiu vencedor pela contagem de 4x1. No segundo os "diabros rubros", como eram chamados, enfiaram 5 x 1 no rubro-negro. Veio o terceiro jogo, com Mário Viana soprando o apito. Aos 15 minutos do primeiro tempo, Tomires estourou o tornozelo de Alarcón, tirando-o de campo. É importante lembrar que, naquela época, não se permitiam substituições. A coisa foi tão feia que os médicos do América nem se animaram a aplicar aquela injeção milagrosa que em geral permitia ao jogador continuar na peleja. O nunca assaz louvado Mário Viana sequer advertiu Tomires. Assim, DURANTE 75 MINUTOS, o Flamengo jogou com 11 e o América com 10. Venceu por 1 x 0 e consagrou-se como tricampeão do Rio de Janeiro. Esta é só uma entre várias histórias que espero poder contar como um singelo serviço aos próprios flamenguistas, para que conheçam melhor a história de seu clube.